普通職の異世界スローライフ
～チート（があるくせに小者）な
薬剤師の無双（しない）物語～

主な登場人物
ヘレナ・トロスト
エレンの妹。実家で行儀見習いの修行中。姉のエレンが大好きで、王家に行ったその身を案じている。
神城《かみしろ》 大輔《だいすけ》
製薬会社で営業の仕事をしていたが、異世界召喚に巻き込まれる。培った交渉術と薬師技術を駆使して異世界で平穏で安定した暮らしを模索する。
エレン・トロスト
神城の専属メイドの少女。実家の借金返済のために身売り同然で城にやってきたが、神城によって救われる。クールな見た目だが、家族思いで強い意志を持つ。

ラインハルト・フォン・ローレン
ローレン伯爵家の当主で軍務大臣。頭の切れる男で、神城とは腹の探り合いを繰り広げる。
木ノ内先生
異世界クラス召喚で召喚されたクラスの担任。大学を卒業して2年目で、まだまだ教師としての自覚がない。
アサヒ
クラス召喚された女子高生。慎重な性格で、考えなしに動く剣聖や聖女と一括りにされるのを嫌がっている。
セイヤ
クラス召喚された高校生。正義感はあまりないが、場の空気を読んで最善の選択を行うタイプ。

Contents

普通職の異世界スローライフ
～チート（があるくせに小者）な薬剤師の無双（しない）物語～

仏よも

イラスト
やまかわ

1章　プロローグのようなナニカ

「この度は、大変なご迷惑をおかけして誠に申しわけございませんでしたっ！」

「……」

なんか仕事で行った学校の倉庫で納品の処理をしてる最中に変な光に包まれたと思ったら、目の前でスーツ姿の女性が土下座している件について。

取りあえず俺が何かしたわけじゃないみたいだから一安心。ここで焦って許しを与えると相手のためにもならないので、まずは落ち着いてマウントを取るとしよう。

「ちょっと、なんか場慣れしすぎじゃない⁉」

そんなことを考えていたら、目の前の女性が土下座したまま抗議してきた。

ふむ、これはあれだな。俺の思考を読んだか。つまりあれか、ここは死後の世界か何かで目の前で土下座しているのは神様かそれに準じたナニカ。

それがいきなり土下座しているってことは……何かしらのミスで俺を殺したってところか？

「そうだけど！　説明の手間が省けるけど理解が早すぎない⁉」

んなこと言われてもなぁ、ある意味テンプレだし。

「テンプレって……」

◆◇◆◇◆

——自身の行いをテンプレという一言で纏《まと》められ、その発言をした男に対し呆然《ぼうぜん》とした顔を見せる女神（推定）だが、当然普通の人間はこんなにあっさりと自分の死を受け入れたりはしない。彼が自身が死んだことや、目の前にいるのが神かそれに準じる存在だと理解しておきながら、この対応ができるのは、彼がそれなりにこういった関係の書籍などを読んでいたからに他ならない。

彼は今年で36歳になるが、この世代はある意味でラノベの直撃世代である（異論は認める）。そんな彼からすれば、トラック事故や、気付いたら見覚えのない部屋、目の前で土下座など、腐るほど目にしてきた事柄だ（もちろん文章の中の話だが）。

また彼自身も独身で、家柄的にも地方の名家と言ってもいい家の長男であったが、次男が既に結婚し家を継いでいるということもあり、親の介護の必要もなく、給料が全部お小遣い状態のある意味で自由気ままな生活を送っていたことも無関係ではないだろう。

さらに男は、日々の代わり映えのしない仕事に疲れを感じ始めていたこともあり、現実世界を忘れさせてくれるラノベというコンテンツに憧《あこが》れる程度には理解があったし、そういう本を読む度に「できたら俺も異世界でチートもらってスローライフしてぇなぁ」と呟《つぶや》くくらいには異世界に憧れを抱いていたのだ。

よって今のこの状況は、彼にとって一概に悪いものとも言えない状況でもあった。

……流石《さすが》にミスで殺されるのは釈然としないものがあるので、もらえるものはもらうつもりではあったが。

◆◇◆◇◆

「しかし、俺は取引先の学校に薬を納品に行っただけなんですけど、それでどうやって死ぬんですか?」

「え、い、いや、それは、その、ね?」

何が「ね?」なのかは分からないが、あれか?　ミスと言うからには何かしらの事故か何かがあったのだろうか。

そして平日の学校で人が死ぬレベルの事故が発生したとなれば、死ぬのは俺一人ではないはず。もしかしたら数十人、否、下手をすれば数百人単位の死者が出る可能性がある大事故にこの女神のせいで巻き込まれたってことか？

一瞬そう思ったが、それなら自分だけがここにいることに説明がつかないよな。

いや、まぁ他の人間全員に土下座行脚《あんぎゃ》している可能性もなくはないのだが、どうもそんな感じではなく、彼女は俺単体に対して謝罪を行っているようにしか見えないし。

営業職で鍛えた観察眼が神に通用するかどうかは別としても、こんな状況では自分に頼れるのはこれまでの経験で培《つちか》ったものだけ。

その経験を信じた結果、俺の頭に浮かんだのは（良くも悪くも自分は特別扱いされているんじゃないか？）というものだった。

「……えぇ、それで間違っていないわ」

そんな俺の思考を読み取ったうえで、女神は肯定の意を表してきた。


彼女が言うには、なんでも俺たちの住む世界とこれから転移する予定の世界にはいろんな契約があるらしく、その中に、ある一定周期で俺たちの世界から向こうの世界へ人間を送り込むっていうのがあるらしい。

俺たちからしてみたら迷惑この上ないが、神の視点で言えば自分の家の池に放し飼いにしている金魚を、隣の家の池に移すようなものなんだとか。

……こういう風に言われてしまうと、俺たち人間も普通にやっていることだから文句も言いづらいと思うのは俺だけだろうか？

まぁ、俺の気持ちはいいとして、だ。

取りあえず話を整理すると、今回神様界隈《かいわい》の事情でこっちの世界から向こうの世界へ人員を送り出すことになった。

で、その対象は俺が薬を納品しに行った学校のとあるクラスの連中だったらしい。

なんでそいつらが異世界に？　と聞いたら、女神は俺から目を逸《そ》らして下手な口笛を吹き始めたので、たぶんダーツか何かで決めたのだろうと思われる。

「なんで分かったの⁉」

（……この駄女神）

一瞬女神に殺意を覚えそうになったが、そもそも神と人間は視点の高さも価値観もまるで違うだろうから、ここでこいつの行状については何も言うまい。

そもそも今俺が問題にすべきは学生たちの選別方法ではなく、なぜかそれに俺が巻き込まれてしまったってことだ。

女神の界隈では、本来なら金魚の１匹くらいはサービスしてもよかったらしいのだが、それはあくまで同じ学校の生徒や教師のように何かしらの縁がある人間でなければ駄目らしく、たまたま学校を訪れていただけの完全な部外者である俺は転移サービスの対象外の存在だったらしい。

それに加え、本来向こうに送られることになっている学生たちは死んだわけではなく、生きたままクラスごと転移しているのに対し、俺はしっかりと死んでいることが問題をややこしくしている一因なのだとか。

これの何が問題なのかというと、なんでも現世に生きている人間は全て死ぬ時期が決まっており、例外を認めるためにはかなり面倒な手続きがあるんだそうな。

具体的な例を挙げると、閻魔《えんま》様が台帳を書き直ししなくちゃいけなくなるとか、モイライ三姉妹が糸を作り直さなきゃいけなくなるとか、とにかく他の部署に迷惑をかけることになると言えば分かりやすいだろうか？

そんなわけで俺の本体とも言うべき存在は向こうで死んだのだが、なんとかして『死亡』したのではなく、特殊な技術で肉体を再構成し、事故で転移に巻き込まれたことにしたいというのがこの女神の言い分だった。

……まぁゲームの転移とかだと、１回肉体が分子分解されてる感じのもあるからな。あんな感じで俺の肉体を再構成して、ここにある魂を入れる感じなんだろう。

う〜む。俺には転移だの転生だのと言われても結果が同じなら一緒に思えるし、違いがよく分からないのだが、こうして目の前で神様に「神様業界では重要なことなんだ！」と言われたらなんとも言えんよな。

そして今回のこれは、普通の転移《てんい》とは違うので俺の承認が必要らしく、その承認を得るためならば多少のズルも仕方ないということになっているらしい。まぁあれだな、やっぱ魂がこうなっているから、いろいろと勝手が違うってことなのだろう。

しかしなぁ。

その、本来転移する予定だった教室の学生が死んでなくて、俺だけ死んでるっていう状況がどうやれば発生するのか想像できんのだが。

……まさかこいつが投げたダーツが教室を貫通してしまい、運悪く下の階で作業していた俺の体に突き刺さって半分だけ異世界行きに巻き込まれて死んだとかじゃねぇだろうな？

「ひ、ひゅーひゅー」

俺が自分の死因を考えていると、急に女神が斜め上を向きながら下手な口笛を吹きだした。

うむ。この様子を見ると、当たらずとも遠からじといったところだろうか？

女神の態度を見て（いっそ聞かなければ《考えなければ》よかった……）と思いながらも、取りあえず俺は自分が死んだってことは理解することにした。そんでもってこの現状を端的に語るなら、ミスをした役人が被害者に示談金を渡して不祥事を隠そうとするって感じの、ある意味でお役所仕事的な何かなのだろうとも推察した。

この状況で、俺の立場は完全な被害者である。

なればこそ自分を殺した目の前の女神に対して何かしらの悪感情を抱くべきなのかもしれないが、実のところこの一連の流れに関しては俺としても悪い話ではないので、条件次第では前向きに検討したいところである。

「ほんと!?」

俺がそう考えたのを読み取ったのだろう。女神は口笛を止めて俺を凝視してきた。

いや、本当も何も、心を読む相手に嘘なんかつけないから。

「そ、それはそうなんだけどさ、あなたって読まれることを前提にしているから何か誤魔化す方法とか心得ているんじゃないかって不安になるのよね」

ほほう。

確かに(どうせ読まれているならこのままでいいか)と考えていたが、心を読ませない方法もあるのか。

例えばだが、この空間で神の数式みたいなのを思い浮かべれば、この駄女神に強制的に数式を叩き込めるのかねぇ?

「やめて! 今あなたがチラッと思い浮かべただけで、私の頭の中にわけの分からない数式……っていうか文字列が叩き込まれたわ！　こんなの全部読み込んだら絶対に死んじゃうっ！

いいの？　私が死んだら大変なことになるわよっ！」

いや、どーせ俺は死んでるし、今さら他人の心配してもなぁ。それも俺を殺した張本人と相討ちできるなら、むしろ構わんのでは？

「むしろ構わんって、なんて薄情な！　それに私が死んだらあなただって転生できないのよ！」

薄情って言われてもなぁ。しかし、転生できない＝輪廻《りんね》の輪から逸脱するってことだよな？

あれ？　それってつまり『解脱《げだつ》』じゃないか？

……なんか、死んだあとに無理くり蘇って異世界行って苦労するくらいなら、いっそのこと解脱してしまった方がいい気がしないでもないんだが。

「なんでそっちに舵を切るの!?　転生に前向きなあなたはどこに行っちゃったの！」

いや、熱血教師風に言われてもな。

そもそも輪廻転生って、それを繰り返して魂に宿った業を削ぐためにやるんだろ？　だったら敢えて異世界で業を重ねる必要もないと言いますかなんと言いますか。

「アナタソンナ敬虔《けいけん》ナ仏教徒《ブッディスト》ジャナイデショ!?」

なんでカタコトなんだよ。

「誰のせいよ！」

徹頭徹尾お前のせいだ。

「スミマセンデシタッ！」

ツッコミに対して流れるような土下座をするところを見ると、どうもこの女神は土下座慣れしているように思えるんだよなぁ。

つまり、こいつはそれだけミスをしている常習犯なのでは？　と疑ってみる。

「違うから！　常習してたら私はとっくに左遷させられてるし！　っていうか、神様業界では土下座なんか当たり前だから！　もっと偉い神様相手には五体投地《ごたいとうち》も当たり前だから！」

ふむ。そう言われるとなぁ。

時代劇とかで武士が幕府や朝廷からの使者を相手にする時に土下座するようなモンだと思えば、なくはないのかもしれん。

「そうよ！　そうなのよ！」

……なんか想定した以上に必死なのがあれだが、取りあえずこの女神についてはいいや。

重要なのは、これから俺がどうなるかってことだし。

「え？　そ、その様子だと向こうに行ってくれると思っていいの？」

まぁ、なんだかんだで未練はあるし、このまま解脱ってのも違う気がするんで。

「そ、そうよね！　未練を残していたら心安らかに解脱なんかできないわよね！」

仏様ではなく神様から解脱についてどうこう言われるのは釈然としないものがあるが、ここは我慢しようじゃないか。

「所々で微妙にマウント取ってくるわね……けどいいわ！　あなたの気が変わらないうちに、さっさと向こうについての説明をさせてもらうわよ！」

ええ。お願いします。

「……やけに素直ね？」

いや、行くと決めた以上は多少はね？

というか、向こうの情報がなかったら死ぬから。言葉とか病気とかお金の単位とか、諸々知らないと普通に野たれ死ぬから。

「あ～それはそうか。それじゃ簡単に説明するから耳の穴かっぽじってしっかり聞きなさいよ！　こんなサービス滅多にしないんだからね！」

元はと言えばお前がミスったせいだろうが。転生辞めるぞコラ。

「スミマセンデシタッ！」

……説明をお願いします。

「ハイ！　ソレデハ説明サセテイタダキマス！」

転生をネタに脅すというよく分からない俺の行動を受けて一切の躊躇《ちゅうちょ》なく綺麗《きれい》な土下座を決

めた女神を見て、こいつに任せて本当に大丈夫か？　と不安になったのは仕方のないことだと思うんだ。

　そんな俺の不安を感じとったのか、女神はさっさと話を進めようとしてきた。

「まずこれからあなたが行くのは中世ヨーロッパ風の世界よ！」

……なるほど、ラノベとかでよくある中世ヨーロッパ風な世界か。

　この風ってのが重要なんだよな。

「えぇ！　あくまで風よ！　向こうはあなたが知る中世ヨーロッパとは似ても似つかない世界。ぶっちゃけて言えば『なろうに存在する中世ヨーロッパの世界』、略してナーロッパね！」

　おいおい。ぶっちゃけすぎじゃないか？　まぁ言わんとすることは分かったけど。

「話が早くて助かるわ。それで細かく言うとね、えぇっと、基本的にはあなたが知っているラノベとかの世界と思っていいわ。特徴としては王侯貴族による専制政治が行われていて、剣と魔法の世界で、個人のレベルと職業のレベルに加えてスキルにもレベルってのがあって、身体能力なんかのステータスは数字には現れない系……とでも言えば分かる？」

　なるほど、王侯貴族が実在する身分社会な。そんでレベル制とスキル制。でもってステータスは数字化しない、と。ま、普通に考えれば能力の数値化なんかできないってのも分かるし、向こうも分からないなら特に問題ないな。

「あとは、そうね。言葉に関してはあれよ。異世界言語的なのをインストールされるから、会話に困ることはないわね。それと風土病に関してはお互いに問題ないわ」

ほう。異世界言語とはまたなんともテンプレだな。しかしまぁ、ご都合主義ではあるが分かりやすいからよしとしよう。

それにこっちが病気にかからないのはいいとして、向こうも問題ないんだな？　大航海時代に西洋人が世界中にコレラだのペストをはじめとした病原菌をばら撒いたせいで、いろんな国が滅ぶことになったが、その心配はないと思っていいんだな？

「そうよ。とは言っても『一切病気にかからない』ってわけじゃなくて、あくまで普通に暮らすうえではいきなり空気感染とかしないってだけの話だから、その辺は自分で注意してね」

ほうほう。ま、風呂上がりに素っ裸で寝たら風邪ひくし、腐乱死体を放置してウイルス性のナニカが発生したら病気にもなるわな。んじゃ最初のこれは、俺たちが向こうに行く時に向こうの風土に合わせて最適化される感じか？

「そうそう、そんな感じ。いやー説明が簡単で助かるわぁ」

……本来なら説明とか受けないんだろうから、こうして説明をしてもらっているだけでも十分ありがたいんだが、こいつの態度がそのありがたみをなくしているんだよなぁ。

まぁいいや。

次は魔法に関して教えてくれ。

「魔法かぁ。一言で言うのは難しいのよねぇ。取りあえず魔法にはいろんな属性があるの」

ほむ。属性とな。それはどんな感じの？

「回復とか攻撃とかいろいろあるんだけど……」

だけど？

「う～ん。ここで教えてもいいけど、なんか向こうに行ったら最初に簡易的な鑑定みたいなのをやるみたいだから、それを受けてから向こうで説明を受けた方がよくない？」

あぁ、確かに最初からいろいろ知っていたら不自然だもんな。

「そういうこと。お金とかに関しても同じことが言えるわね」

……確かに。初めて行った場所のお金に関する情報を持っている奴なんか、不審どころじゃないか。っていうか、もしかして俺たちって召喚される系なのか？

簡易鑑定とか、お金に関しては向こうで聞けって言うからには、説明役がいるんだよな？

そうなるとなんらかの事故で転移するんじゃなくて、召喚されて向こうに行く感じだと思うんだが、そこんとこどうなんだ？

「そうよ。向こうのなんとかっていう国が召喚する感じみたい」

おぉう。これは……どっちだ？

「ん？　どっちって何？」

いや、国単位での召喚だろ？　これは勇者を召喚して魔王とか倒させる系なのか、それとも異世界の人間の知識とかを求めてる系なのかってことだ。

「あぁ、そういうこと？　向こうの事情が分からないからなんとも言えないけど、普通なら魔王とかでしょうね。一言で言うなら『戦力募集！』って感じかしら？　けどまぁ細かいことは向こうで説明するだろうから、向こうで聞いた方がいいわよ」

ふむ。それも最もな話だな。ちなみに集団転移した他の連中にもチート能力があったりするのか？

「えぇ。さっき言った言語や基礎能力の向上に加えて、ランダムな感じで職業が割り振られるわ。もちろんどんな職業であれスキルのレベルや基礎能力の成長度は現地の人間よりも高くなるから、基本的には食いっぱぐれることはないわよ」

なるほどなるほど。それなら生産系とかになっても大丈夫ってことか。

「そうなるわ。で、私からの謝罪はここがメインね」

む？　メインとな？

「そうよ！　他の連中はランダムで職業が割り振られるけど、今回に限り！　あなたにだけ！　自分で職業を選べる特典を授けるのよ！　さらに肉体的にもちょっと若返るし、成長率も高めに設定できるのよ！」

うーん。すげー怪しいキャッチフレーズな上に微妙な特典……いや、高い基礎能力がさらに高まるんだから十分チートと言える特典か。

「そうでしょうそうでしょう！　凄いでしょう！」

うん。勢いで流そうとしているけど、このくらいにしないと他の神様に自分が介入したことがバレて、そのまま芋づる式に俺に介入した理由もバレるから、この程度で抑えたいんだろ？

「……ハイ。ソノトオリデゴザイマス」

俺としても必要以上に目立つ気はないからそれでいいけどさ、手抜きもほどほどにしてくださいよ？　ホント頼んますよ？

「あ、あはははは」

こいつ、笑ってごまかそうとしてやがる。

だがまぁ、この女神にしてみたら俺が転生すればそれで終わる話だもんな。転生直後に下手なこと言って他の神に目をつけられないようにするために、必要最低限の恩は着せるけど、それ以上は手を貸さんってのが丸分かりだぞ。

「……おぉう。バレテーラ」

そりゃ無償の善意なんか信じねぇのが普通だし。今までの態度を考えれば……なぁ？

「全部知ったうえでこの態度って……擦《す》れているというかなんというか」

別に困らんだろ？　俺もチートもらえて得するし、女神サマもいろいろごまかせて得することになるんだから。

「それもそうなんだけどねぇ」

なんかイマイチ納得してないみたいだけど、そういう感じでマウントを取りたいなら社会経験がないような若い子にやってくれ。

「もうこんなことする気はないわよ！」

あぁ、もともとはミスの補填だもんな。

「そうよ！　っていうか、それに関してはもういいからさっさとあなたの職業を選びましょ！」

お、隠さなくなった。

「ハイハイ！　蒸し返さなくていいから、さっさと決めるっ！　時間は有限なのよ！」

ほほう、有限なのか。つまりここで時間を稼げばもっといい条件が？

「焦《じ》らすのよくない！」

……そうか？　いや、確かに俺としてもここで焦らして時間を潰《つぶ》すことで向こうの召喚とタイムラグが発生したり、第3者《他の神》に横槍入れられて「公平にしろ！」とか言われても困るか。仕方ない。ではさっさと職業を決めるとしようじゃないか。

「そう、それでいいの！　……ゴホン。ではこのリストの中から選んでちょうだい」

　そう言って俺の目の前にタブレットみたいなのを浮かべてきたので、それを見れば、そこには【勇者】だの【賢者】だの【剣聖】だのといったレアっぽい職業がズラッと並んでいた。

　しかし俺は職業を自由に選択できるという話を聞いていた時、心に決めていた職業があるのだ。それは【薬剤師】だ！

「え？【ヤクザ医師】？　そんな怪しい職業あったの⁉」

　おい、なんだその明らかにダメな職業は！　そんなんただの無免許の医者だろうが！　俺がなりたいのは薬剤師だ、薬剤師！

「いや、そんな連呼されてもねぇ」

　……確かにめっちゃ連呼してるけど、それも仕方がないだろう？　実は、何を隠そう俺の仕事は医薬品のルート営業であり、今日も学校に医薬品の納品をしていた時にこの転生事故に巻き込まれてしまったのだ。

「へぇ～」

　そして薬関係者だからこそ薬剤師に対する憧れは強い。いや、薬に関係なく薬剤師は地方の社会人なら誰しもが憧れる職業と言っても過言ではない！（異論は認める）

「えぇぇ。なんか急に語りだしたんだけど……」

分かってないな～。なにせ薬剤師という職業は、月収15万とかが普通の田舎であっても初年度ですら年収５００万以上と謳《うた》われている、まさに別格の職業なんだぞ？　間違いなく勝ち組なんだぞ？

「ふ、ふ～ん」

あぁいや、別にこの高待遇に文句をつけているわけではない。羨《うらや》ましくはあるがな。

しかし、だ。彼らは人の命に関わる薬の調合やら何やらを行うため、６年にも及ぶ修業過程を経て専門の知識を身に付け、常に神経を使って仕事をしているんだ。それを考えれば、簡単に替えが利くルート営業の一員でしかない俺とは収入の桁が違うことは当然だと思っている。

だがしかしっ！　給料日やボーナスの時期に彼らを羨ましいと思うくらいはいいじゃないか！

「あぁ、うん。そうよね。うん。分かるわぁ」

そうだろう、そうだろう。だから薬剤師ってのは俺にとって夢の職業なんだ。だからこそ俺はこの機会に薬剤師になりたいんだ！

「ふ、ふ～ん、そうなのね。それで、えっと、この薬剤師って【薬師】とは……あ、微妙に違うのか。そしてスキルは〝調剤〟とか〝製剤〟があって、さらに〝品種改良〟と〝成分調整〟とか……え？　これって薬師と何が違うの？」

そんな細かい分類は知らん！

「あぁもういいわ！　一応聞くけど、向こうには回復魔法とかあるけど、本当に薬剤師《これ》でいいのよね？」

無論！　むしろ俺はこれがいいんだっ！

「いや、なんでそんな熱血教師風なのよ?!」

なんで、だと？　夢が叶《かな》うなら熱くなるのが男でしょうが！

「知らないわよ！　けど時間もないし、本人も納得してるからさっさとやっちゃおう……あぁ、一応言っとくけど、もしも向こうについた途端にいきなり私の情報を暴露とかしたら、あなたが死んだあとタダじゃおかないからね！」

死んだあとのことを脅されてもなぁ。取りあえず了解だ。

「その『取りあえず』ってのがなんか怖いんですけど!?」

はいはい。分かった分かった。

お前さんの情報は一言も言わないと約束するから、さっさとやってくれ。

「……なんか釈然としない。あ、そうそう。あなたが選んだ職業が勇者とかに比べて微妙な職業だったから、ポイントが余ったのよね。だからこの分は肉体をちょっと若返らせたり基礎能力とか成長度の方に足しておくから、せいぜい好きに暮らしなさいな」

おい、微妙とか言うな！　薬剤師さんに謝れ！

「ハイハイごめんなさいねぇ」

誠意が感じられんぞ！　誠意が！

「……なんで自分が死んだ時より熱くなってんのよ……もうそれはいいから」

よくないっ！　いいか、薬剤師さんってのはなぁ！

「あ〜もぅ！　いいから行けっ！」

女神がそう言うと、周囲が光に包まれていくではないか。

チッ。まだ薬剤師への啓蒙活動が終わっていないというのに……取りあえず奴への説教は死んだあとでしっかり食らわせてやろう。

そう心に決めた俺は、気持ちを切り替えて異世界とやらに心を馳《は》せることにした。

なぁに。俺は他の連中と違って一度死んだ身だ。これ以上怖いものなんかない。

だから今の俺はこんなことだって言えるんだ！

「神城大輔！　いっきまーす！」

「いろいろ怖いから止めてっ!?」

◆◇◆◇◆

これは集団転移に巻き込まれたサラリーマン、神城大輔（36歳）が異世界に転移（転生？）して、神様からもらったチートを活用して好き勝手に生きる。ただそれだけのお話である。

2章　転移のテンプレ？

自分を包んでいた光が収まった時、とある学校にいたはずの俺は見知らぬ建物の一室の中にいた。どうやら異世界転移とやらは無事成功したようだ。

その証拠というかなんというか、俺の周りには見るからに学生って感じの少年少女がいて、「何が起こったか分からない」と言わんばかりに周囲を見回しているし、周囲で待機していたのであろう偉そうな恰好をしたオッサンたちが、揃《そろ》いも揃って、

「おぉ！　召喚に成功したぞ！」

「これで我が国は救われる！」

「あれが勇者か……」

などと、口々に「召喚」だの「勇者」だのといったフレーズを口にしているのだ。

……これがコスプレ&演技だとしたら痛すぎるので、俺はなかば無理やり自分が異世界に来たと判断することにした。

で、さっきから言っているように、転移してきたのは俺だけではなく、合計30人ほどの少年少女が転移してきている。

そして彼らは明るい雰囲気でザワついている周囲のオッサンたちとは違い、さまざまな様相を見せていた。

「本当に?」

「転移?　マジか!」

「何?　なんなの⁉　ここはどこなの⁉」

「え、こ、これからどうなるの⁉」

「これは……来た!」

と、わけの分からないところに飛ばされたことに対する焦り、状況が分からないことから生じる不安、転移したことに対する高揚感などなど、本当にいろいろだ。そんな彼らの様子を見るに、俺のように事前の説明などは受けていないと思われる。

俺?　うーん。俺の場合はなぁ。

そもそも学生の彼らと違って大人だし。今年で36だから余裕でダブルスコアだし。そんなんで彼ら学生さんと一緒になって騒いでもなぁ。

といった感じなので、端から見たらやや浮いているのかもしれないな。

まぁなんだかんだ言って結局俺が落ち着いていられるのは、あの空間で女神から事前説明を受けたからだろう。説明を受けていない状態でいきなり転移なんかしたら、あの状態も仕方ないといえば仕方ないよな。

そう思いながらも学生さんたちを観察してみると、向こうの集団には学生服姿の学生さんたちと、担任の教師だろうか？　一人だけ学生服を着ていない大人の女性がいるが、全員が混乱状態にあるようで、一向に静かになる様子もなくガヤガヤと仲間内で状況確認を行っているようだ。

そんな彼らの様子を見て、俺たちを召喚したであろう連中も徐々に冷静さを取り戻したようで、最初は歓喜の表情一色だったのが、今ではこちらの様子を観察するかのような目を向けてくる。

ふむ。女神からの説明が確かならば、おそらくこちらの言葉は理解されている。よってあの観察するような眼差《まなざ》しは、学生さんたちの中のリーダーを見定めているのかねぇ。

ん？　なぜ分かるかって？　日頃の経験だな。営業職である俺はそういうのに詳しいんだ！

そして観察する側の人間は、同時に自分も観察されるということを自覚しなければならない。

俺？　観察されてることを自覚したうえで、焦った振りをしておりますが、何か？

演技と馬鹿にするなかれ。なにせ接待なんかだと、相手の行動に対してごくごく自然に驚くのは基本中の基本（偏見）。さらに俺くらいの接待師ともなれば驚く振りではなく、自己暗示をかけて本気で驚くくらいのことは朝飯前よ。

つまり周囲にいる彼らから見て、今の俺は学生さんより年上にもかかわらず、狼狽《ろうばい》してリーダーシップを発揮できない情けない男に見えているはずだ。

それでいいのかって？　いいんだよ。

何せ女神に説明された話だと、向こうにいる連中はガチの王侯貴族だからな。

俺の行動に違和感を覚えて警戒された結果、今、俺が考えていることを予想されるよりは、侮られた方がいいんだ。

と言ってもあんまり侮られると「価値なし」って判断されるから微妙なところでもあるけどな。結局何事も程々がいいってことだ。

しかし、だ。俺だって本物の王侯貴族を相手にした経験なんかないから、その辺の匙《さじ》加減は分からんのだよなぁ。

だけどまぁ、普通に考えれば、今の俺たちはいきなり異世界に召喚されて右も左も分からない状態なんだ。そこで一人冷静になっていたら別の意味で目を付けられる可能性もある。

……例えばこの状況を理解して、下を向いてほくそ笑んでいる少年とか、その少年を見て落ち着きを取り戻した少女とか、数人で固まってヒソヒソとチートがどうとか言ってる少年たちだ。

彼らは既に向こうから目を付けられたと思っていいだろう。何も情報がない中でお偉いさんに目を付けられていいことなど何もないことを俺は知っている。

あくまで中間、できたら中間よりやや上くらいがちょうどいいんだ。それを考えれば、そろそろ上位に位置する連中が動くはず……。

「みんな！　まずは落ち着こう！」

「そうね。どうやらこの状況を理解している人がいるみたいだし」

（よし！）

学級委員長なのか何かは分からんが、混乱する同級生を率先して纏めた男女のペアに対し、俺は内心で喝采《かっさい》を上げる。そしてこちらを観察していた連中もこちらの集団のリーダーは誰かの特定を終えたようで、チラチラと目を合わせて頷《うなず》いていた。

この流れから導き出される答えは当然……。

「皆様、急なことでさぞ驚かれたことでしょう。恐縮ではございますが、私に状況の説明をさせていただけませんでしょうか？」

俺が場に動きがあるだろうと予想した時、そう言って一人の少女が名乗りを上げた。

その動きに対して、周囲の偉そうな連中も文句を言わないところを見ると、これはあらかじめ決められた配役なのだろうと思われる。

テンプレだと王女殿下か、教会のお偉いさんってとこか？

ま、わざわざ探偵風に答えを導き出さなくても、当たり前と言えば当たり前の話なんだよなぁ。

「召喚に成功しました」

「よし。戦場に連れていけ」

って感じのケースならともかく、俺たちを見た第一声が「勇者様」だもんな。結局は戦場奴隷として使うことに違いはないが、普通は洗脳して自分に歯向かわないようにするのが基本だろうよ。

問題は転移直後からニヤついている連中が「誘拐犯の話なんか聞けるか！　俺は出ていくぞ！」と言って騒いだりしないかどうかだが、よほどのアホでもない限りは情報収集を優先するだろうから、ここは俺も静観一択だ。

なにせ俺たちは何も知らないんだ。言葉も、金も、食物も、常識も、本当に何も知らないんだ。だからこそ向こうが下手に出ているうちは、逆らうべきじゃない。

……それが普通だってのによぉ。

「説明？　何を言ってるの！　そんなことより、ここはどこ!?　アンタらは何をしたのよ！」

一人の生徒が、説明を申し出てきた少女に対して食ってかかってしまった。

（だから、それを今から説明するって言っているだろうに。少し落ちつけ……ってのは、普通の学生さんには酷《こく》な話か？）

「キョウコ、待って！」

騒ぎ出した少女に対して無礼討ちがされないかどうかを警戒していると、先ほど学生さんを纏めた女生徒が驚きと静止の声を上げる。うむ、状況によっては不敬罪で殺される可能性もあるのだから、あの女生徒の焦りは正しい。

だがしかし。いつの世も正しいことがまかり通るわけではないわけで。

「なによ！　こんな時まで優等生ヅラして！　もともとあんたは……」

キョウコなる少女は落ち着くどころか、自分に声をかけてきた少女に食ってかかる。

まあ、分からんではないぞ。この状況では慌てるのは当たり前のことだし、原因を知っているであろう少女に対して、向こうにペースを握られないように食ってかかるのも、交渉術の一つと考えれば理解できないことではないのだ。

だが、向こうがそれを享受するかどうかは別問題だぞ。

「「「「……」」」」

周囲のオッサンたちは、言い争う少女たちを掣肘《せいちゅう》することなく観察を続けている。

あれはこちらが一枚岩でないことと、リーダーと目論んだ少女の統率力の確認をしているな。

さらに喚《わめ》いている少女の人品評価ってところか。

「落ち着け、キョウコ」

「セイヤ！　でもっ！」

「気持ちは分かる。でもここで騒いでも何も解決しないんだ。だから今は説明を受けよう、な？」

そう言ってイケメンが頭を撫《な》でれば、さっきまで激昂《げきこう》状態であった少女はみるみる大人しくなっていく。

「……うん」

ほぉ、あっさり落ち着いたか。流石イケメンは強いな。あれが俗に言うナデポなのか？　などとアホなことを考えていたら、こちらの様子を窺《うかが》っていた少女が申しわけなさそうにしながらイケメンに話しかけてきた。

「あの……」

「あぁ。すまない。こっちはもう大丈夫だから、説明をお願いできるだろうか？」

「「「……」」」

おいおい。見るからにお偉いさんの少女に対してタメ口だと？　常識人のように見えていきなりいろいろ踏み抜いたイケメンだったが、向こうとしてはこれ以上時間を取られるのは本意ではないらしく、イケメンの無礼を流すことにしたようだ。

だがこれで、こちらの集団の代表には常識がないことが露呈してしまった。これでは彼らとの顔合わせは、交渉にもならずに終わってしまうだろう。

（もともと学生さんに過大な期待はしていなかったが、やはり彼らと一緒に行動するのは危険だ）

そう考えた俺は、彼らと別行動することを決意した。

そんな俺の思惑はともかくとして、向こうの少女が「落ち着いて説明するために場を移す」と言って移動を促してくる。

当然反対する理由もない俺たちは、彼女に続いて移動をする。

彼らを見て、思っていたよりも状況が逼迫《ひっぱく》していることを認識した俺は、予定より早く動く必要があることを認識することになり、より集中して周囲を観察することにしたのであった。

◆◇◆◇◆

取りあえず王女らしき女性に案内された俺たちは、王が待つ謁見《えっけん》の間に連れていかれる……かと思いきや。「王に会う前に確認をする必要があります」と言われて別室に案内されていた。

まぁ普通に考えれば、どこの誰ともしれない連中を王に謁見させるわけにもいかないだろうし、王にだってこちらに関する基礎知識やら何やらは必要だろう。

だから向こうの狙いは、この待機所で行われているこちらの会話に聞き耳を立てたり、世間話に紛《まぎ》れて情報を抜くことだろうか？　あとは最低限の礼儀作法ができているかとかの確認？

そんな風に思っていたら、向こうから神官っぽい服を着た人間が、なにやら王女らしき女性にいくつかの水晶らしきモノを手渡していた。

これはあれだ。これから俺たちは女神が言っていた簡易鑑定を行うのだろう。そして職業とかスキルとか魔法の属性といった感じの各種素質のチェックをするのだと思われる。そんな俺の予想は当たっていたようで、王女っぽい女性から水晶らしきモノを受け取った騎士っぽい連中が少年少女の前に立ち、水晶らしきモノで鑑定を行っていく。

「やった！　俺、【白魔導師《回復》】だ！」

「おぉ、キタキタ！　【錬金術師】だぜ！」

「【鍛冶師】。これでかつる」

「ふっ。甘いな、俺は【クレーン技師】だ！」

「「「な、ナンダッテー！」」」

「「「……」」」

自分たちが一般に『通常職』だの『不遇職』だのと言われる職業であることを告げられ、鑑定を担当した人間や、周囲で観察をしていた連中からの関心が一気になくなったような感じになったにもかかわらず、そんなこと知るか！　と言わんばかりに大喜びする少年たちに、一緒に転移してきた学友だけでなく、こっちの世界の連中も目を白黒させていた。

うん、君たちの気持ちは理解できるぞ。勇者とか剣聖みたいな戦奴《せんど》よりも、いくらでも可能性が広がる生産系の方が夢があるよね。ただ、普通職が普通職と言われる所以《ゆえん》をもう少し考えた方がいいと思うんだ。

まぁ喜ぶのも悲観するのも彼らの勝手だから俺は別に構わんけど。つーかクレーン技師って何だよ!?　いや、現代だと工事現場に必須の立派な職業だし、ある意味では勝ち組なんだけど、異世界で何ができるんだ？　そもそもこの世界にクレーンってあるのか？

「おぉ！　勇者様だ！」

「それに聖女様も！」

「剣聖だ!?」

「賢者様もいるぞ！」

そんなニッチな空間を占有することに成功して喜ぶ少年たちは、一旦《いったん》視界の外に追いやるとして。

鑑定の担当員が残っている連中の鑑定を続けている中、テンプレ通りというかなんというか、先ほどのリーダーっぽい少年はめでたく勇者で、その幼馴染っぽい茶髪の子が聖女。それで剣道をしていそうな黒髪の少女が剣聖で、メガネをかけて落ち着いた感じの学級委員長タイプな少女が賢者ね。

完全に個人情報の漏洩だが、俺の情報ではないので細かいことを言うつもりはない。むしろ「目立ってくれてありがとう」と感謝したいくらいだ。

「……では次はあなたです」

「あ、はい。よろしくお願いします」

微妙な職の連中とは違い、満場一致で大喜びする周囲の連中を他所《よそ》に、俺もさりげなく鑑定を行う。すると俺のステータスはこんな感じであった。

名前：神城大輔　レベル1　職業：薬剤師　レベル1 スキル：薬術？（診断・成分摘出・成分分析・成分調整・製剤・投薬・薬品鑑定・毒無効）

薬術の後ろにある『？』マークが気になるところだが、問題はそこじゃない。

そう、職業だ！

俺は職業欄にしっかりと明記されてある薬剤師の文字にテンションが爆上がりになるが、真っ先にやるべきことは忘れない。

ん？　真っ先にやるべきこととは何かって？　それは自己の確認だ。というわけで行くぞ！

（診断！）

自分の手を見ながら心の中でスキルの〝診断〟を試してみる。すると俺の目に、カルテっぽいものに標されたステータス表記のようなものが映し出される。

名前：神城大輔　年齢：36歳（肉体年齢22歳）状態：健康・躁
体力：B　魔力：A　力：B　頑強：C　俊敏：B　知力：A　精神：A　器用：S

ふむ？　〝診断〟は現在の自分の状態と各種ステータスの素質の確認ができるのか？　だがレベルの表記はない、か。

つまり〝診断〟は健康状態の確認は可能だが、強さを見るものではない？

確かに医者に必要なのは相手の強さを推し測ることではないから、それも不自然ではない、か。他の人間が気になるところだが、診られていることに気付かれても困るから、取りあえずは保留だな。

それよりも重要なのは自分のステータスだ。平均を知らないからなんとも言えないが、Ａや

Sがあるし、全般的に高いように見受けられる。体が資本なのはどんな職業でも共通だろうし、そもそも女神は肉体を強化してくれたらしいから、低くはないはず。

これが女神が言うチートならば、喜んで享受しようじゃないか！

「薬剤師？　いや、薬師ですか」

内心で（俺はルート営業をやめたぞぉ所長ぉぉぉ！）と喝采を挙げる俺に対し、鑑定を担当した者は俺の職業が特殊なモノではないと見たようで、さっさと次の人間の鑑定に向かう。

うむ、それでいい。無関心こそが俺にとっての最高のリアクションだよ。

いやぁ、今なら勇者たちの前にニッチな職を得て喜んでいた少年たちの気持ちがよく分かるぞ！　今の俺の気持ちを一言で言い表すなら、まさしく『最高にハイッ！』ってやつだ！

「あ、あの、少しよろしいでしょうか？」

そんないい気分に浸っていたところに、突如として横槍が入ってくる。

「……はい？　私に何かご用でしょうか？」

最高な気分に水を差され、一瞬ムッとするも、ここで問題を起こす気はないので内心の不満を抑え、もはや反射の域にまで染み付いた営業スマイルを作って声をかけてきた人物に顔を向けると、そこには引率……ではなく、集団の中で唯一の大人であり、俺が担任の教師と推察していた女性がいた。

年齢は20代前半だろうか、身長はだいたい160くらいで髪型は黒っぽい茶髪のショートカット。まじめそうな感じが見受けられる。その胸元には『木之内』というネームプレートがあるので、おそらくこの人は木之内さんなのだと思われる。

ネームプレートから向こうの名前が判明したのはいいことなのだが、本当になんの用だろう？

そう思って向こうが話すのを待つと、木之内さんは意を決したような顔をして、俺に問いを投げかけてきた。

「あのですね。初対面でこのようなことを聞くのは大変失礼なことだとは理解しているのですが、どうしても確認したいことがありまして」

「はぁ。確認したいこと、ですか？　まぁ私にお答えできることならしますけど」

いや、本当になんだ？　少なくとも俺は木之内さんとは初対面だぞ。

「あ、ありがとうございます。それであの……」

「はい？」

妙に溜めるな？　そんなに聞きづらいことなのか？

……そう思っていた時期が俺にもありました。

「その、あなたは一体どちら様なのでしょうか？」

「ん？　どちら様？」

「「…………」」

そんな質問をされ、無言で見つめ合いながら首を傾げ合う俺たち。

最初は「こいつは一体何を言いたいんだ？　意味が分からないよ？」と思ったのだが、向こうの立場になって考えたらすぐに質問の意図が理解できた。

うん。そりゃそうだよな。俺は自分が転移に巻き込まれたことを知っているけど、向こうはそんなの何も知らないんだ。それなのに自分たちと一緒に見たこともない奴が転移していて、当たり前のように仲間みたいな顔をして付いてきていたら、確認の一つもしたくなるよな。

木之内さんの質問は騒がしかった部屋中に響き渡り、少年少女はさっきまでとは別の意味でザワつき始めた。

「そういえば……」

「あの人、誰？」

「見たことないな」

「まさかあれが七不思議の一つ、幻の生徒!?」

「「な、ナンダッテー!?」」

いや、なんだその噂は。おい待てクソガキども。それとクレーン技師！「馬鹿な！　あの生徒は死んだはずだ！」とかノリノリで語るんじゃない。

　いやまぁ、確かにここにいる俺以外の連中は同じクラスにいた奴だもんな。それを前提にしたなら「あの人もクラスにいたんじゃね？」という発想になるのも分からんでは……いや、すまん。分からん。その理屈はおかしい。

　取りあえず『幻の生徒』の噂が気になった俺は騒ぐ生徒にツッコミを入れようとするのだが、目の前の木之内さんが俺から目を逸らさずに、ジィッと音がするくらい俺を凝視してくるので、取りあえず幻の生徒に関する噂を放置して、木之内さんとの会話に専念することにした。

　しかし会話と言っても、社会人なら当たり前にできる自己紹介をするだけだ。それに、こっちに好感を抱いていない相手に対して笑顔で自己紹介することなど営業職にとって必須スキルなので、今さらどうということもない。

「あぁ申し遅れました。私こういう者です」

　そう言って俺は名刺入れから自分の名刺を取り出し、頭を下げながら木之内さんに手渡す。

「えっと。あ、ご丁寧にどうも。……T薬品の松濤《しょうとう》営業所に所属する神城さん、ですか」

　名刺に書かれていたのは、当然と言うかなんというか、俺の名前と勤め先である。

　本人確認という意味では免許証や保険証、もしくはマイナンバーでもいいのだろうが、身分証として考えれば、社会的な身分が明記されている名刺の方が望ましいのは言うまでもない。

ウチの名刺には写真も載ってるしな。

見た目が多少若返っていることについては……突っ込まれたら、その日の肌のノリとかで誤魔化そう。女性ならなんとなく理解してくれるだろ？

微妙なことを考えながら自分の立場を明かした俺は、当然向こうにも同じことを求める。

「はい。ご覧のとおり私は神城と申します。それで、失礼なのですが？」

名刺を指し出されたら名刺を返す。これは古事記にも書いてあるレベルの常識である。故に俺はその常識に則って名刺を受け取るための構えを取ると、向こうも俺の言いたいことを理解したようだ。しかし、

「あ、すみません。私は普段名刺を持ち歩いてなくて。えっと、私は木ノ内と申します」

そう言って木ノ内さんは申しわけなさそうな顔をして胸元のプレートを指差す。知ってるぞ。ソレを凝視したらセクハラで訴えるんですよね？　俺は詳しいんだ！　ってな冗談はともかくとして。

「あぁなるほど。大丈夫ですよ。基本的に先生方は職員室の机に入れたままという方が多いですからね」

「ほ、本当にすみません」

名刺を受け取る構えを解きながら告げた俺の言葉を受け、木ノ内さんはぺこぺこと頭を下げ

る。

　彼女がここまで恐縮しているのは、きっとあれだ。さっき咄嗟《とっさ》に出たんだろうが名刺を切らしているのではなく、持ち歩いていないってのが本人としても不調法だと考えたんだろう。

　まぁ確かに社会人としては大きなミスではある。だけど教職員って職業は、基本的に狭い社会でなかなか外に出ることはない職業だから、ついつい忘れるんだよな。

「あの、えっと、それでなんですけど……」

　取りあえずこのままでは話が進まないので、そろそろ謝るのを止めてほしいと思っていたら、向こうも似たようなことを考えていたのか謝罪を止めて再度俺を凝視しながら本題であろう質問を投げかけてきた。

「で、そのぉ。本当に不躾《ぶしつけ》な質問で申しわけないのですが……神城さんはなぜこちらにいらっしゃるのでしょうか？」

「は？」

　これまたずいぶんと微妙な質問だな。それとも引っかけか何かだろうか？

「いや、なぜと言われましても……そんなの私が聞きたいくらいですって。そもそも私は納品の作業中だったはずなのに、気が付いたら皆さんと一緒にわけの分からないところにいて、何がなんだか分からないので流れに任せてここに来たら鑑定？　みたいなことをされている状況ですからね。正直子供たちの前だから騒がないだけで、頭の中はかなり混乱していますよ」

「あ、あぁ。そういう意味じゃなくてですね。えっとそのぉ……」

向こうの狙いが分からなかったので取りあえず無難な答えを返すと、木ノ内さんは質問の仕方が悪かったとでも思ったのか何やら考え始めた。

実際のところ、木ノ内さんが何を聞きたいかは理解しているのだが、下手に水を向けて注目されるのも面白くないので、俺は彼女の考えが纏まるのを待つことにする。そんな時、俺たちの会話を聞いていた生徒の中から、

「なに？　社会人が!?」

「巻き込まれて!?」

「薬剤師《下級職》に!?」

「「「うらやまけしからん！」」」

などといった声が聞こえてくる。

うん。ソレだけ聞けば確かに追放系主人公の要素盛りだくさんだよな。

勇者の同級生よりも俺に対して嫉妬の視線を向ける少年たちに周囲の連中もリアクションが取れずにいる中、さっきの鑑定で賢者であることが判明した学級委員長っぽい生徒が木ノ内さんに話しかけてきた。

「先生。お考えの最中失礼します。この方についてなんですけど……」

「朝陽《あさひ》さん？　もしかしてあなたは神城さんのことを知っているのかしら？」

そう言って木ノ内さんは賢者さんへ目を向ける。ふむ。どうやらこの賢者さんはアサヒさんと言うらしい。まぁどうでもいいけどな。

「いえ、個人的な面識はありません。ですが……」

「ですが？」

「先ほど名刺を見て、先生はこの方がT薬品の方と仰《おっしゃ》いましたよね？」

「え、えぇ、そうだけど？」

俺をほったらかしにして会話を始める２人。気分は名探偵に正体を暴かれる前の怪人だな。

……誰が怪しい人だって!?　俺だよ！

「そしてこの方は『納品の作業中』とも仰いました」

内心で一人ボケツッコミをしていたら、賢者さんは先ほど俺が仕込んだフラグをきっちり回収してくれていた。うん、そうなんだよ。俺はお薬を納品してたんだよ。

「それがどう……あぁ。そうか。そういうことね」

「はい。おそらくですけど先生のお考え通りかと」

そう言って２人は頷き合っているが、どうやら同じ答えに行きついたようだ。

「はぁ。つまり朝陽さんはこう言いたいのよね？　私たちが実習していたクラスの真下が保健室と保健準備室だから、下で作業していた神城さんはなんらかのミスで私たちと一緒に呼び出された、と」

「はい。私はそう思います」

「「……はぁ」」

賢者さんと木ノ内さんは俺に関する考察を終えて溜息をつくが、妙に理解が早くないか？　普通ならもっと混乱するもんだと思うが……いや、一昔、二昔くらい前ならともかくとして、今の世の中だと異世界転移なんてありふれたネタだから、全く知らないって方が少ない可能性もあるのか。

そんでもって少しでもこういう話の知識があるなら、自分たちが『クラス転移』ってのに巻き込まれたことは分かるだろう。そうなれば俺の状況も予想できるわな。正直ここで中途半端な嘘をつかなくていいのは俺としても助かる。だからこそ俺は乗るぜ！　このビッグウェーブになっ！

「えぇっと、よく分かりませんが、つまりあれですか？　あなた方は最近の小説によくある異世界に召喚されてしまった。そして私は『偶然それに巻き込まれた』ということでしょうか？」

「……おそらくですけど」

「あの、なんと言いますか、申しわけございません」

少しは異世界転移の知識があることを匂わせつつ『巻き込まれた被害者』を装えば、木ノ内さんと賢者さんは申しわけなさそうな顔をして謝罪をしてきた。

うーむ。謝罪の気持ちは確かにあるんだが、何か違和感が……そうか、こいつらも被害者なんだから、ここで俺に謝るのはおかしいのか。もしかしてこの2人は召喚について何か知っている？　だから巻き込まれた俺に申しわけなさを感じているのか？

いや、今は下手に探る時期じゃないな。

「えっと、取りあえずあなた方が何かしたわけじゃないですから、謝罪の必要はありませんよ」

そもそも何かやらかしたのは女神だし。

「それはそうですけど」

「それより」

「……なんでしょう？」

「向こうから人が来ていますよ。おそらく謁見の準備が終わったのでは？」

「え？　あっ！」

俺はまだ何か言いたそうにしている木ノ内さんの言葉を途中で遮り、部屋の中心部を指差した。その先には先ほどまではいなかった高級そうな装飾を複数身に付けた貴族風の男と、宗教色が強い白い服を着込んだ神官風の恰好をした男がおり、王女らしき女性の側に行って何やら話し込んでいた。

俺たちが話し込んでいる間にも全員の鑑定はとっくに終えているし、他の部屋で待機していたのであろうお偉いさんにも報告する時間もあったはず。あとはこちらに精神的な余裕ができる前に交渉を行い、畳みかけるだけ。

向こうの連中の視線を見れば、向こうの狙いは勇者君と聖女さん。次点で剣聖さんと賢者さんだと思われる。

木ノ内さんの職業が分からないが、取りあえず変なことをしなければ目を付けられることはないだろう。あとは俺の予想通りに行けば……。

◆◇◆◇◆

神城が予想したように、王女らしき女性の側に現れた2人は、謁見の準備が整ったことを告げ、召喚した生徒たちを謁見の間まで先導していく役目を担った者たちであった。

そんな役目を帯びた彼らは、室内を一瞥《いちべつ》したあとで謁見の準備が整った旨を高らかに宣言し、生徒たちを謁見の間へと誘う。

しかし生徒たちの監視役を兼ねた存在でもある彼らであっても、謁見に際して緊張している少年少女たちの陰で内心ほくそ笑んでいる、中身がアラフォーの存在と、その狙いに気付くことはなかった。

◆◇◆◇◆

謁見の間らしき広間へ連れていかれた俺たちは、案内を務めた者から「謁見の際は取りあえず頭を下げておくように」という心温まるアドバイスを頂戴することができた。

……まぁこっちは謁見の作法なんか知らんから何が無礼かどうかも分からんし、向こうは向こうでこの世界に来たばかりの連中に正しい作法を求めはしないだろう。

それに、なんだかんだで向こうが頼む立場だしな。

あぁ、ちなみに召喚された学生さんたちは、俺が予想したように多かれ少なかれ異世界転生に関する知識はあったらしく、全く知らないような奴にはその友人っぽいのが簡単なテンプレを教えていたので、今では特に騒いだりはしていない。

これがラノベとかが普及する前だったら「私を家に帰してよ！」的なことを言ったり「誘拐犯に従う気はない！」とか現実を無視したアホが無駄に騒いで相手からの不興を買ったり、時間を無駄にしたりしたのだろうが、今のところその心配はないようで何より。なんなら生徒よりも木之内さんの方が肩肘張っているくらいだ。

だがな。ここで一人肩肘張っても無駄無駄無駄ぁ。

なにせ俺たちはこの世界の常識も知らなければ金も身分もないんだ。この状況で王侯貴族の後ろ盾を失ったら野垂れ死にが確定してしまう。

チートだなんだとテンションが上がっていた生徒たちも、最低限のパターンが判明するまでは大人しくするようだしな。モブは黙って頭を下げてればいいのだよ。

てことで以下、王の話を抜粋。

「勇者たちよ！　この度はよくぞ我がフェイル＝アスト王国へ来てくれた！」

(来たっ！　つーか誘拐されたんだけどな)

「今、この国は、いや、この世界は魔王の手によって未曾有《みぞう》の危機に陥っている！」

(その割には贅沢してそうだけどな)

「突然のことで困惑しているであろう。しかし、神の加護を持った諸君らであれば、魔王などどうということもない！」

(困惑に関してはスルーですか。そうですか)

「神から授かったその力を、ぜひ我々人類のために役立ててほしい！」

(断ったら非国民一直線だな)

「そもそも我がフェイル＝アスト王国の祖は神に選ばれた……うんたらかんたら」

(神に選ばれたのなら自分で戦ったらいいいんじゃないか？)

「……諸君らの健闘を期待したい！」

(……かなり上からではあるけど、貴族主義っぽい王政社会にもかかわらず王が命令じゃなく懐柔を選択してる時点で、向こうとしてはかなり譲歩したんだろうなぁ)

「話が長くなってしまったが、諸君らを歓待するための晩餐会《ばんさんかい》を用意してある」

(集めた諸侯へのお披露目と接待ですね。分かります)

「今はまだ混乱しているだろうが、この晩餐会で少しでも相互の理解が進むことを願っているぞ！」

(こっちを理解する気はないんだろうな)

「では、晩餐会にてまた会おう！」

(質問も何も受け付ける気なし、か。王様だから当然ではあるけどな)

はい。そんなこんなで謁見終了。

結局のところ、なんか魔王っぽいのがいるからそいつを倒してくれって話だな。そんでもって帰る方法は、魔王を倒した時に女神様が教えてくれるんだとか。

これを聞いた時点で、俺を含めて何人かの生徒は（もう嘘やん）って確信したぞ。報酬が成果報酬で後払いなのも問題だけど、その報酬を支払うのが自分じゃなく神ってなんだよ。もうアホかと言いたかったが、さっきも言ったようにここでキレても生活できんからな。王に対してはテンプレ通り勇者君が「自分が頑張ることで……うんたらかんたら」と言っていたので、取りあえず学生さんたちは魔王サマとやらを倒すために頑張るのだろう。

まぁ、勇者君も王の言うことに違和感を覚えているようだったから、簡単には人形にはならんとは思うけど、結局のところその辺は学生の皆さんと王の駆け引きになると思われる。

俺？　なんで俺がそんなことをせにゃならんのだ。もともと無料奉仕は嫌いだし、最初から報酬を支払う気がない奴のために動くつもりなんかないぞ。

多数決？　残念。

王や向こうの学生さんたちがどう思っているのかは知らないが、俺は連中とは違う組織の人間だから、あいつらの決定に従う理由がないんだよ。俺の行動の決定権を連中に委任した覚えもないしな。

ってなわけで、俺は俺で自由にやらせてもらうのだ。

さしあたってはこれから開かれるお披露目を兼ねた晩餐会で動く予定だ。これはおそらく盛大な歓迎をすることで、こちらの精神的な逃げ道を塞ぐ気なのだろうと思われる。

そんな下心ありありな接待に対して、接待攻勢を知らんお若い教師さんや生徒さんたちがどれだけ耐えることができるのやら……とにかく若者たちよ。せいぜい頑張って接待されてくれたまゑ。

俺はその間にやるべきことをやらせてもらうぜ！

こうして俺は、王の話や共に召喚された生徒たちをガン無視して、己のためだけに動くことを決意したのであった。

◆◇◆◇◆

王様との謁見が終わったあと、俺たちは「それでは皆様は晩餐会の準備が整うまでこちらでお待ちください（意訳：王や貴族の方々の着替えや諸々の準備が終わるまで待ってろ）」と言われ、それぞれに個室を割り当てられて待機することとなった。

これは俺たちが共謀して変なことを考えないようにするための措置だと思われる。この状況で他人の部屋に行ったり、よく分からん行動を取る奴は向こうにマークされるのだろう。数日後には行方不明になるパターンかねぇ？

ま、自分とは関わりのないお子様がどうなろうと知ったことではないので、俺は俺でやるべきことをやろうと思う。

ナーロッパに来た現代人が最初に確認すべきことと言えば、それは当然……。

「すみません。トイレってありますか？」

部屋付きのメイドさんにトイレの確認をすることだ！

「え？　あ、あぁ、ありますよ。来客用は向こうになりますので、ご案内いたします」

「はい。よろしくお願いします……できたら早足で」

「は、はい！」

真顔でトイレの案内をするように頼まれたメイドさんは、頬を引きつらせてやや早足で俺をトイレまで案内してくれた。

そしてトイレに着いた俺は、トイレの確認を行う。

……うむ。それぞれの個室にはトイレはなし。だが一つのフロアごとに来客用としてトイレを用意している、か。ヴェルサイユ宮殿にすらなかったと言われるトイレを標準装備しているとは、侮れん。

しかも水洗で換気扇っぽいのやトイレットペーパーまである。しかしながらウォシュレットはない。ふーむ。総合すれば、昭和後期から平成初期のトイレって感じだな。

なんというか、流石はナーロッパといったところだろうか？

しかしこのトイレ。不自然さはないが王城の客室の近くに用意していないところを見ると、後付けの可能性が高いな。

あとは排水だとかの技術的な問題をどう解決したのか。水に関しては魔法関連の技術で片付くが、下水道工事や配管は……これも魔法で作ればいいか。

それに気になるのは便器の質だ。これは陶器に近いが、少し違う。だが自然石を削って作ったような感じでもないから、これも魔法の産物かもしれん。

うーむ。説明を全部魔法で片付けるのもあれだが、下手に確認をとって目を付けられても困るから、今は魔法ってことで納得しておこう。

取りあえずは待たせたメイドの反応の確認だな。

「いやぁ助かりましたよ。召喚から国王陛下との謁見までずっと我慢していましたからね」

「そ、それは大変でしたね」

「えぇ。危うく尊厳が死ぬところでした」

「あ、あはははは」

ふむ。トイレの中でこちらの技術レベルなどを調査していたんだが、流石にトイレの個室の中までは監視していなかったか？　俺が数分の間トイレの個室から出てこなかったことに対して、特に疑問に思っていないようだ。

取りあえず水回りの技術レベルについてはそれなりに理解した。この国にはトイレに余力を割ける余裕があるってことも、な。

あと早めに確認しておきたいのはスキルだな。しかし流石に監視されている状況でポンポンスキルを試して、俺のスキルの可能性を向こうに知られるのは遠慮願いたいので、これも今は我慢すべきだろう。

ま、俺の予想が正しければ俺のスキルは想像以上に使えるハズだから、あとのお楽しみってことにしよう。……想像よりも使えなかったら女神の悪口を大声で叫んでから死んでやるぞ。

◆◇◆◇◆

と、女神が聞いたら「ちょ！　約束はどうなったのよ！」と叫びだすようなことを考える神城であったが、神城にすればまだ恩恵を受けた実感がないので、感覚的には商品受け取り前にキャンセルをするような感覚である。

故に現段階での暴露は女神との契約には違反していないのだ！

……あくまで神城の中では、だが――。

◆◇◆◇◆

女神への文句はさておくとして、俺は次の調査を行うためにメイドに話しかけることにした。

「安心したら少しお腹が空きましたね。晩餐会の前に何か軽くつまめる物をいただくことはできますか？」

この場合、安心したからというよりは出したら余裕ができたと思われるだろうが、それはそれで構わんのだ。

「えっと、食べ物なら晩餐会用にたくさん用意されておりますので、お客様用に軽食を用意することは可能です。しかし、よろしいのですか？」

俺の質問に対してメイドさんはそう言ってきたが、はてさて、この場合の「よろしいのですか？」は何に対してだろうな？　普通に考えれば「もう少し我慢すれば美味しいものがたくさん食えるぞ」ってことなんだろうが、敢えて曲解すればお腹の調子は大丈夫ですか？　にも聞こえなくもない。どちらにせよ返答は一つだ。

「大丈夫です。問題ありません。そもそも晩餐会は国王陛下や貴族の方々との懇談の場でしょう？　そのような場で食事に専念などできませんよ」

向こうの確認がどちらの意味を持っていたにせよ、本来の目的である調査は終わっている。

彼女の表情と返答から、現時点でこの国は食料にもそれほど困っていないことが分かったし。

最も、裕福なのは首都とか王城だけって可能性もないわけではないがな。

だが、謁見の間に列席していた貴族の肌ツヤや着ている服はそれなりの質だったところを見れば、少なくとも貴族連中は戦時中の国家とは思えないくらいに裕福な生活を送るだけの余裕があるようだってのは確かだ。

「……そうですか。では厨房に使いを出して軽食を用意させます」

一瞬の間があったが、メイドさんは俺の言い分に納得し、軽食を用意してくれることになった。

うむ。これはあれだ。俺が晩餐会の意図を理解していたことが計算外だったか？　そんなん普通に考えれば……あぁいや、今まで召喚された人間が社会経験がない学生だったり、世間慣れをしていない教師だけなら晩餐会をただのお食事会と勘違いしていた可能性もあるのか。

うーむ。意図して驚かせるならともかく、普通にするだけで驚かれるってのは困るぞ。それも召喚された側の人間が駄目すぎて驚かれるなんて最低だぞ。

いや、過ぎたことは仕方ない。なんとかして、これをプラスにしなければ。

そうこう考えていると、メイドさんが軽食をワゴンに載せて持ってきてくれた。

「お待たせいたしました」

「ありがとうございます。おぉ！　美味しそうですね！」

「軽食とはいえ、王城に勤める料理人がお客様のためにご用意したものですから」

「なるほどなー」

　メイドの反応を見て特に怪しまれているような雰囲気を感じなかった俺は、取りあえず内心の不安を隠しつつ、軽食として出されたサンドウィッチっぽいものと付け合わせの葡萄酒《ぶどう》を観察しながら食材に使われる技術や香辛料の調査を続行する。

　結果は予想以上。

　まずは葡萄酒。それほど高級ではないのかもしれないが、少なくともしっかりと寝かせていたので、確立された酒造の技術もあることは分かった。

　だが俺にとっての問題は、このサンドウィッチだ。

　マーガリンやバターはもちろんのこと、パン生地もふっくらとしているし、挟まれたハムや野菜の味を活かすために、必要最小限分の香辛料を用いているのも驚きだ。

　そのうえで見た目も洗練されており、貴族が食していてもおかしくはないくらいの技術が込められているのが分かる。

　聞けば名称もサンドウィッチらしい。

　俺はこのパンの存在や調理法もさることながら、サンドウィッチという名に注目した。それはなぜかと言うと、サンドウィッチという名前はもともとイギリスの伯爵の名前を捩《もじ》って付けられたものだからだ。

つまりこの料理にこの名前を付けている時点で、俺たちより前にこの世界に召喚された人間がいるということがほぼ確定したわけだ（異世界翻訳が勝手な仕事をしていないという前提条件があるが）。

そうであれば話は早い。あとはその召喚された前任者が生きているか死んでいるか、この世界にどんな情報を残しているかというのが、この世界で生きていくための重要な指針になる。

とはいえ、俺に付けられたメイドさんを見れば、俺の目論見は十中八九上手く行くと思っているけどな。

……ちなみに少し見た感じだと、男性にはメイドさんっぽい人が付き、女性には執事さんっぽい人が専属で付けられているようだ。

このことから、向こうの意図するところを考察すると、彼女たちは間違いなくハニトラ要員かと思われる。もし手を出したら責任を取らせる形で囲い込むか、適当な理由を付けて糾弾とか処刑するための口実にするのではないだろうか？

それを考えれば変にハニトラとか横文字を使うよりは美人局《つつもたせ》と言った方が、より危機感を感じることができるな。

しかも勇者君や聖女さん、剣聖さん、賢者さんには同性の相手が付いたことから、彼らに対しては単純な手ではなく、慎重な囲い込みを狙っているようだ。

俺は関わる気がないけどな。

で、俺に付けられたメイドさんも、ハニトラ要員として付けられているだけあって非常に見《み》目麗《うるわ》しい容姿をしている。

ちなみのちなみにメイドさんの身長は160前後、髪の色は黒で長さはセミロングくらいだろうか。それを今は後ろで纏めている感じで、体型はシックなメイド服の上からでも分かるくらいの豊満さと、女性らしい細さを両立させたモデル体型の黒髪美人さんである（……ウエストに関してはコルセットで補強しているのかもしれないが、そこには触れないのが男としての常識であろう）。

普通に考えたら、こんな美人さんに迫られたら、普通の男子高校生なら迷わずル○ンダイヴを決め込むことだろう。しかし、だ。俺とてこれまで36年生きてきたのだ。そうそう簡単にハニトラに引っかかってやる気はない。

なので今のところ彼女の本来の仕事については「あきらめろん」としか言えん。

俺とて流石に初手で詰むわけにはいかないからな。つってもあくまでハニトラだの美人局は俺の勝手な憶測だから、現状では何も言えないけど。

そんなこんなで取りあえずの目処がたったので、あとは晩餐会を待つだけとなった俺が向こうの事情などについていろいろ考えていると、部屋の入口付近に立っていたメイドさんが耳に手を当てて何やら呟いているのが見えた。

思春期の男女が罹患する例の病気……ではないよな。

俺は彼女が魔法かそれに準じた技術による通信を受けているのだろうと推測する。そしてその推測は正しかった。

「お客様。晩餐会の準備が整ったようです。これよりお客様を会場へご案内させていただきます」

魔法での通話を終えたメイドさんが、俺に対して一礼しながらそう伝えてきた。

「よろしくお願いします」

ここで抵抗しても無意味だし、なにより俺にとってこの晩餐会がこれからの異世界生活の全てを決めると言っても過言ではない。

そう考えた俺は、下手な言質《げんち》を与えたり、妙な注目を集めることがないよう、無言で、粛々《しゅくしゅく》と晩餐会の会場へと向かう彼女の後ろに続く。

きらびやかな通路を少し歩くと、俺の前を召喚された少年少女たちがゾロゾロと列をなして歩いているのが見えた。彼らは意図的に一纏めにされているのだろうか？　それともそれぞれのメイドや執事っぽい人たちが示し合わせて集まるように調節したのだろうか？

そんなどうでもいいことが頭をよぎるが、次の瞬間に（いかんいかん）と頭を振って思考を切り替えることにした。

そう、俺にとって重要なのは『俺がどう生き残るか』であって、彼らのことを気にしている余裕などないんだ。もしもここに俺の心を読むことができる人間がいたら「大人のくせに最低なことを考えている」と軽蔑されるかもしれない。

しかし、だ。現状では俺に他人に構っている余裕がないのは事実だし、そもそも彼らだって今が危険というわけではない。

女神の話を信じるなら、彼らは普通にしていれば普通に抱え込まれ、普通にレベルアップでもなんでもしてから普通に戦に駆り出されるだけの話だ。そこに俺が介入する余地はない。

戦うのが嫌だと言うなら、戦わずに済むように動くべきなのだ。それをせずに身内で固まったり、メイドさんや執事っぽい人にうつつを抜かすのなら、そのあとのことは自業自得と言うべきことでしかないじゃないか。

それなのに、俺になんの責任があるって言うんだ？

ついでに言えば、彼ら少年少女たちを導くのは教師である木之内さんの仕事であって部外者の俺ではない。向こうだって、出入りの業者でしかない俺に意見されたところで素直に聞くはずもないからな。

……誰に言いわけしているのかも分からないが、とにかく俺は己の中にあった後ろめたさを消し、自分が自由に生きるための第一歩を踏み出す決意を固めたのであった。

3章　貴族との交渉のあれこれ

「乾杯！」

「「「乾杯！」」」

国王による挨拶が終わり、晩餐会の会場ではようやく自由に飲み食いができるようになったことで、今回の主役でもある異世界から召喚された子供たちが、ワイワイと騒ぎながら食事に舌鼓《したつづみ》を打っていた。

そんな彼らの様相はまさしくさまざまで、ある少女は過剰に警戒して場の中の『歓迎しようとする空気』に水を差したり、ある生徒たちは食事に手を出しては「思った以上にうめぇ！」だとか「へぇ。意外としっかり味付けしてるのね」と、心なしか上から目線で料理の品評をしていたりする。

これらの理由から、晩餐会に参加した貴族たちは多かれ少なかれ彼らに対し失望や怒りを覚え、内心では彼らに対して覚めた目を向けていた。

ただし、王の傍で確保されている勇者と聖女、賢者に剣聖といった希少価値が高い連中は別。

彼らにはこれから優秀な戦奴となって王国のために戦ってもらわなければ困るので、事前に

「心から賓客として扱う（冷ややかな視線を向けたり、無礼な態度を取ることを禁止する）ように」という通達が出されていたからだ。

まぁ心の中でどう思っていようと、表に出さずに相手を持ち上げるのは貴族にとっての必須能力である。故に晩餐会に参加した貴族たちの勇者たちに対する態度は、まさしく賓客を遇する扱いとなっており、彼らも悪い気はしていないようであった。

また、下級貴族の中には（あわよくば彼らの血を自分たちの血統に組み込みたい）と思う者もおり、勇者たち4人以外にも『有力』とされた職を持つ者たちに接触しようとしているようで、会場はそれなりに盛況と言ってもいい状況となっていた。

そんな貴族たちがこぞって勇者たちを持ち上げ、晩餐会を盛り上げようとする中、王国において指折りの大貴族であり、かつ軍務大臣を務めるローレン侯爵は、率直に言って不機嫌の極みにあった。

彼はまず、魔族との戦いにおいて異世界の少年少女に頼る姿勢が気に食わなかった。

確かに彼らを使えば、無駄な損害を出すことなく戦に勝てるかもしれない。しかし今回の件は、言い換えれば「自分たちは異世界から召喚された子供たちがいなければ、満足に戦もできない集団である」と広言するのに等しい行為である。

この時点で、軍務の責任者であるローレン侯爵の面目は丸潰れである。

さらに彼が心配しているのは、これから彼らが戦場に出て活躍したならば、これまで国家のために命を懸けてきた兵士たちの立場はどうなるだろうか？　ということだ。役立たずと罵倒されるか？　勇者がいればもはや兵士は必要ないと排除されるか？　少なくとも軍部全体の立場は悪くなるだろう。

なにしろ現時点で彼らの養育や装備に関する予算は、軍部の予算から引かれることが確定しているのだ。

文句をつけようにも「こうなる前に魔族を殲滅《せんめつ》できなかった自分たちが悪い」と言われれば、侯爵にも返す言葉はない。

だが、そもそも魔族との戦は数百年単位で行われており、他の国が勇者を召喚しても、人類は魔族に勝ちきることはできなかったという事実を忘れてはいけない。

戦に必要なのは１人で１０００歩進軍するような強烈な個の力ではなく、１０００人が10歩進む安定した組織の力である。そのことを理解している者がこの場にどれだけいることか。

いまだ右も左も分からぬ少年少女を、勇者だ、剣聖だ、と誉めそやす同僚たちや、彼らにおだてられてまんざらでもない顔をしている少年少女たちを横目に見て、侯爵は溜息をつかぬよう必死で堪《こら》えていた。

勇者の召喚に成功して浮かれる上司も、彼らに便乗して己の利を得ようとする同僚も、貴族の口車に乗って地獄を見るであろう客人も、どいつもこいつもアホばかり。

この頃の軍部に対する風当たりの強さも相まって、もともと勇者の存在に懐疑的であったローレンが、この晩餐会に参加する連中全員に嫌気を覚えてきた頃であった。

「突然のご挨拶失礼いたします。今少し閣下のお時間を頂戴してもよろしいでしょうか?」

「む?」

不機嫌さを表に出さぬように壁の花となって葡萄酒を飲んでいたローレンの下に、一人の若者が訪れ、あろうことか侯爵である自分に断りもなく話しかけてきた。

本来ならば「無礼者!」と一喝し、立場の違いを分からせるところであるが、相手は自分たちが召喚した勇者一行の一人。つまり現時点でこの若者は、国家の賓客にしてこの晩餐会の主役である。

故に、彼の行動は今回に限っては無礼ではない。

むしろ王以外の参列者にも挨拶をしようというのだから、「殊勝《しゅしょう》である」と褒《ほ》めるべきだろう。

そう思ったローレン侯爵であったが、声をかけた若者、つまり神城は、そのような殊勝な思いで彼に声をかけたわけではなかった。

「実は閣下に、お話しておきたいことと、お願いしたいこと、そしてご提案がございまして。

できましたら別室でお話をする時間をいただければと……」

「……話しておきたいことに加えて願い？　それに提案だと？」

ローレンから見て神城は他の召喚されてきた少年少女とは少し違う印象があった。具体的に言うなら、向こうは年相応の（それにしても危機感が薄いが）若者で、こちらはそれなりに手馴れた商人のような印象だ。

そうして相手を『客人』ではなく『商人』のような存在と見定めたローレンは、ここで彼の話を聞いた場合のメリットとデメリットを考える。

メリットは異世界の人間の考えを最初に聞けることだ。場合によってはその情報を独占することで利益も独占できるだろう。

デメリットは、時間を無駄にする可能性が高いということくらいだろうか？

なにせ目の前の若者は異世界から召喚されてきたばかりで、こちらの常識すら理解できていないのだ。昔なら価値のあった情報でも、今では無価値となった情報は多々ある。

それらの基礎知識がない時点で、彼の提案が期待できる可能性は限りなく低いと言えるだろう。

そうなると、わざわざ時間を割くのも馬鹿らしいと判断し、会談を拒否できるのが侯爵という立場の人間である。

それでも一応、今日に限っての話だが、向こうは客人であり晩餐会の主賓だ。そして万が一の話だが、彼が語る提案とやらが自分が得をするような話だった場合、いろいろと後悔する可能性もある。いろいろな事情を勘案したローレンは、取りあえず角が立たぬように断りを入れることにした。

「ふむ。済まぬが、これでも私は立場がある身でな。ここで世間話をする分には構わぬが、わざわざ貴公と個別に話をするようなことはできぬよ」

要約すれば「特別に話は聞いてやるからここで話してみろ。願いに関しては知らん」と言ったところだろうか。全否定ではない。むしろ侯爵であり軍務大臣であるローレンに対して直に提案できるなど、傘下の貴族ですらなかなかないことだと考えれば破格と言ってもいい扱いだ。

しかし神城としても不特定多数の人間の耳がある晩餐会の会場では、大っぴらに己の計画を明かすわけにもいかない。そのため神城は（これで駄目なら他の貴族に話をする）という覚悟を固めて、ローレンに対して一つの言葉を投げかける。

「閣下の言はご最もでございます。しかしながら閣下。我が国にはこういう諺《ことわざ》と言いますか、格言がございます」

「ん？」

「情報とは水のようなものです」

「……ほう」

自身が話せと言った内容ではないことに疑問を覚えるローレンだが、彼はすぐに目の前の若者が「貴重な水を他者に分け与えてもいいのか？」と言っていることに気付く。同時に「いらないなら他人に渡す」と言っていることにも、だ。

「面白い。では貴公の話を聞かせてもらおうか。無論別室でな」

「はっ。ありがとうございます」

「では暫《しば》し待たれよ」

「はっ」

(思った以上に面白そうな話が聞けそうだ)

そう考えながら、少なくとも晩餐会の会場に残り、子供に媚を売るよりも数倍マシなのは確かなことなのだから、もしもこの若者の話がつまらぬ話であっても許してやろう、という気持ちになっていた。

これはローレンがその若者、神城から話を聞いて本当によかった！　と心から思うことになる1時間前のことであった。

◆◇◆◇◆

謁見の間において国王の近くに並んでいながらも、晩餐会では周囲と距離を置いていたガタイのよい軍人風の貴族に声をかけ、別室で話をすることができるようになったことで、神城はこの時点で（自分の思惑通りに話を進めることができそうだ）と胸を撫で下ろしていた。

それと言うのも、神城にとって最大の懸念は最初に話しかけた際に「無礼だ」と言って切り捨てられたり投獄されることであったからだ。それがなかった時点で、彼は最低限の身の安全は確保されたと思っている。

また、女神から事前にこの国の在り方を聞かされていた神城は（話ができれば高確率で勝てる）という自負があった。つまりこの安堵は、己の持つ能力と話題について絶対の自信があり、自分の狙い通りに行きそうだと確信したからに他ならない。

そんな自信満々の神城を見て、ローレンもまた自分の選択に誤りがなかったことを確信する。

「この度は閣下の貴重なお時間をいただき、誠に恐れ入ります」

席に座るローレンに対し、深々と頭を下げる神城。

「うむ。己の立場を理解しているのはよいことだが、本日に限れば貴公らこそが宴の主役。故に必要以上に畏《かしこ》まる必要はないぞ」

そう言ってローレンはまだ立っている神城に席に座るように促す。

「はっ。ありがとうございます。それでは失礼させていただきます」

ここでラノベ主人公なら、相手が王女であっても平然と態度を変えるのだが、無礼講と言われても本当に無礼を働いたら社会的に死ぬことを理解している神城はそんな迂闊《うかつ》な真似はせず、深々と頭を下げてから席に座る。

その態度に満足したのか、ローレンは一つ頷いてから己の手元にあるグラスに注がれた酒を飲んだ。そう、この場合の「畏まる必要はない」は「直答を許す」という意味であり、言い換えれば「土下座しなくていい」というだけの許可であって、タメ口や無礼を許すわけではないのだ。

これを勘違いすると人間としての評価がガタ落ちし、今後の生活すらままならなくなる可能性もあったのだが、神城はその第一段階を無事に通過することができた。

そして向こうの仕掛けていた地雷を回避したなら（ローレンにはそんなつもりは毛頭ない）次は自分の番だと言わんばかりに、爆弾をぶち込んだ。

「それではお話の前に、まずは自己紹介をさせていただきます」

「うむ」

これまで神城の提案に興味はあっても個人に興味がなかったローレンだが、流石に自身が「本日の主賓」と言った相手にこのような態度を取られては、「自己紹介などいらぬからさっさと話せ」とは言えず、神城の自己紹介を聞くことになる。

それこそが、神城が用意した第一の爆弾であった。

「それでは……私、時の宰相麻生次郎より上奏を受け、正式に天皇陛下の認可を得て正五位の位を授かりました神城家が長男で、姓を神城、名を大輔と申します」

「……は？　宰相？　陛下？　正五位の位？」

いきなりの予想外の自己紹介にローレンの頭が真っ白になる。それもそのはず。そもそも彼らの常識として、異世界から召喚されてきた少年少女は『王侯貴族が存在しない世界から召喚されてきた人間である』というのが共通認識だったからだ。

ところがここで神城から【宰相】や【天皇陛下】と言われる存在を明かされたのだから、混乱するのも無理はない。さらに彼の混乱を助長したのは、彼の秘書官の存在であった。

(嘘は……ついていないだと!?)

この魔法が普通に存在する世界において、上級貴族の秘書官には一つの技能が求められる。

それは『相手の嘘を見抜くこと』だ。

外交の場や政治の場において嘘など当たり前のこと。商人とて隙あらば相手を騙《だま》してやろうという連中であるので、自衛を考えれば嘘を見抜く能力が必要不可欠となるのは自明の理。

故に貴族に求められるのは、嘘をつかずに相手を煙に巻くような詐術に近い話術であることはこの世界の常識である。しかし、神城を名乗った若者は今日この国に、否、この世界に来たばかりの人間だ。

よってローレンは、こちらの事情を知らない彼がこちらを騙そうとしてくる可能性を考慮して、この場に秘書官を控えさせ、彼の言葉に嘘があるようなら伝えるようにと厳命したのだ。

その秘書官の表情を確認すれば、彼は神城が告げた話の内容に驚愕してはいるものの、「嘘をついていない」と首を振ってローレン侯爵に知らせていた。

(どういうことだ⁉)

それによりローレンの混乱はさらに増すことになる。そんな目に見えて混乱している相手に追撃を行わないほど、神城はお人好しではない。

「おや？　何か困惑されていらっしゃるようですが、どうかなさいましたか？」

交渉の基本は、相手が冷静な時に利を提示するか、混乱している時に理を押し付けることだ。

今回は明確に後者である。

そして正面から問われたローレンとしても、流石に自己紹介を受けただけで困惑していては目の前の相手に対して無礼であると考え、素直にその理由を明かすことにした。

「い、いや、貴殿らの国家には貴族はいないと伝え聞いておったのでな」

そう。繰り返すことになるが、基本的にこの世界の国家に伝わっている情報では、勇者らが居を構える国はミンシュシュギなる民衆による選挙によって選ばれた議員が政治を壟断《ろうだん》しており、そこには貴族も何もいないと言われているのだ。

ならば宰相や天皇陛下とは何なのか？　そして付随された情報である正五位とはどのような立場の人間なのか？　それが分からなければどのような態度を取るのが適切なのか分からないので、ローレンとしても下手な対応ができなくなってしまう。

貴族制政治は身分制度であるが故に相手の身分も軽視できない。これを利用するのが神城の第一手であった。

「ははは。流石は閣下。ご冗談がお上手ですな。王も宰相もなくしてどのようにして国家を運営すると言うのですか？」

「た、確かにそれはそうなのだが……」

さまざまな疑惑が浮かんでくる中、神城はなんでもないことのように平然と貴族的な常識を口にする。ローレンとしてもその言葉に否定の余地はなかったので、頷くことしかできなかった。

「おそらくですが、今まで召喚されてきた者たちは政《まつりごと》を正しく理解していないのではないでしょうか？　貴国の民のことは存じ上げておりませんが、例えば都から離れた都市で生活している幼子は、閣下をはじめとした貴族の方々についてどれだけの知識があるのでしょう？」

「……ふむ」

貴族は偉い。偉いからこそ領地の運営を任されている。

この程度の認識しかない人間は確かに多い。

「それに皆様も召喚されてきた若者たちに我が国の政治体系について詳しく確認をとったりはしないでしょう。推察しますに、今まで彼らと接してきた方々は表面上の法である民主主義を前提とした政治体系を聞かされたのではありませんか？」

貴族政治や絶対王政を掲げる国家にとって民主主義は理解の埒外《らちがい》にある制度だし、何より統治する側には都合が悪い制度でもある。そのため地球でも、民主主義への理解を深めたり、民主主義を広げようとした者は国家反逆罪に問われることもあった。

それらの可能性を考慮した神城は、その思考の穴を突いてきたのだ。

「……確かに納得できる話ではある。我らは魔族との戦で活躍してもらいたくて貴公らを召喚させてもらったのだ。そんな貴公らに異国の政を問うような真似をする者は少数であろうよ」

言い換えれば、わざわざ貴族にとって百害あって一利もない制度に理解を深めようとしなかっただけとも言う。

一応この世界にも民主制に近い制度を利用している国家はある。しかしそれだって一定以上の収入がある商人たちの連合国家の話であり、誰でも選挙権を持っているわけではないことは明記しておこう。

「そうでしょうね。ただご説明させていただければ、その民主主義の中にも階級があるだけの話ですよ。例えば、こちらの世界には侯爵閣下や伯爵閣下など、貴族の方々が参加する議会が存在する国はございませんか？」

「あぁ、うむ。無論それはある」

地球でも議会制自体は古代のローマにあったくらいだから、中世風な世界でもそれほど珍しいものでもないだろう。そう思って神城が確認を取れば、ローレンは普通に頷く。ここまでは神城の狙い通りであった。

「それと同じようなものです。とは申しましても、いきなり今まで召喚されてきた者たちと違うことを言われて、閣下としては判断が難しいかと思われます」

「まぁ、な」

実際は秘書官が逐一確認を取っているのだが、そのことを知らない神城は自身の言葉の信憑性を疑うのも無理はないと一定の理解を示す。このように、あえて一歩譲って相手に考えさせることも営業に必要な交渉術の一つなのだが、自身に有利な状況であっても無理に押し込んでこない神城の態度は彼の言葉に信憑性を生むことに一役買う結果となる。

「故に、閣下の手の者に、少し踏み込んだ確認をさせてみてはいかがでしょうか？」

「踏み込んだ確認？」

「はっ。取りあえず我が国にも陛下と呼ばれる者がいるか否か。また宰相と呼ばれる者がいるか否かの確認です」

「あぁ、なるほど」

現時点で秘書官に嘘かどうかを確認させており、神城の言葉に嘘はないことを理解しているローレンとしてはなんとも難しい表情を強いられる提案である。

しかしこの神城からの提案は、冷静になれる時間を稼げるという一点だけでも自分にとって悪いものではないと判断し、その提案を受け入れることにした。

「……ふむ。確かに確認は必要か。それに、その程度の質問であればそれほど時間もかからん。よかろう、貴殿の言葉を疑うわけではないが、確認はさせていただこうか」

「はっ。お手数をおかけしますが何卒よろしくお願い申し上げます。あぁ、ついでに一つよろしいでしょうか？（貴殿呼ばわりになったな。まぁ他国の貴族の可能性があればそうなるか）」

向こうの態度が変わったことを感じ取った神城は、さらに保険をかけることにした。

「何かね？」

「我が国では宰相のことを内閣総理大臣とも言います」

「内閣総理大臣？」

内閣も総理もよく分からないが、大臣は存在するらしい。軍務大臣としてそれを理解したローレンはオウム返しに言葉を呟くことで、秘書官にもしっかりと聞かせようとした。

「はっ。向こうの子供たちがそちらを覚えていた場合「宰相がいない」と答えるかもしれませんので、一応宰相と内閣総理大臣を合わせて聞いていただければと思います」

「相分かった。その両方と天皇陛下についての確認をさせよう。では少々時間をもらうがよろしいな？」

「はっ。無論構いません」

これで向こうの子供がよほどのアホでない限り、自分が処罰されることはない。そう確信した神城と、既に神城の言葉が嘘ではないと理解しているローレンは、両者の都合で秘書官の戻りを待つことになった。

その間、彼らは酒や料理の味など、とりとめのない話をして時間を潰すことになるのであった。

◆◇◆◇◆

神城とローレンが政治や立場とは全く関係ない話をして時間を潰していた時、主人《ローレン》に神城の言葉を確認するよう命じられた秘書官は「できるだけ主君を待たせないように」と考え、足早に晩餐会の会場に向かっていた。

そもそも神城の言葉に嘘はないことを確認したのは彼なのだから、わざわざ主君を待たせてまで確認に走る必要はないのであるが、この確認は向こうが「誠意を見せる」という形で提案してきたことであるため、断るに断れなかったという事情がある。

故に彼は、ただただ素早く戻るために、手短に一言だけ重要な案件の真偽の確認をしたら、即座に主が待つ部屋へと帰還する予定であった。

以下そんな秘書官と、晩餐会で飲み食いをして緊張感を失った学生の会話である。

「お楽しみのところ申しわけございません。失礼ながら一つ質問させてもらってもよろしいでしょうか？」

未成年の身で慣れない雰囲気に呑まれたせいか、見るからに疲労し緊張感が途切れていた少女を見つけた秘書官は、これ幸いと声をかけた。

「は、はい？（うわ！　イケメン！　っていうか、この世界ってイケメン多すぎない!?）」

いきなりイケメンのナイスミドルに質問をされたことで舞い上がってしまう少女であったが、秘書官にとっては彼女の内心などどうでもいいことなので、自らの仕事を遂行するために口を開く。

「貴国には、その……」

「？？？」

（あまり大きな声で言えば他の貴族や少年少女たちにも聞かれてしまう）、そう考えた秘書官は声をひそめて質問をした。

「内閣総理大臣という宰相閣下や、天皇陛下と呼ばれる国主がいる、というのは本当でしょうか？」

「（宰相？　あぁ、確か総理大臣の別名って宰相なんだっけ？）ええ、確かにいますよ」

宰相に対してはあやふやであったが、流石に総理大臣や天皇陛下の存在を知らない高校生はいない。そのため少女はなんの気負いもなく、秘書官からの質問に答えた。

「……そうですか。ありがとうございます」

「あ、はい（え？　終わり？　もっと話してもいいのに！）」

いきなり異世界に来た、貴族社会のパーティーに主役として参加、慣れない飲酒という、いろんな意味で吊り橋効果が発動したうえに、普段イケメンのナイスミドルと会話する機会などない女子高生にとって、彼との会話は短いながらなかなかに刺激的であったようだ。

このあと、彼女は年上のオジサマ好きにクラスチェンジを果たすことになるのだが、それは本編に全く関係ない話なので割愛させていただく。

そんな女子高生の乙女心はともかくとして、明らかに事実を事実として告げている少女の態度を見て、秘書官は魔法を使う必要性を感じず、神城が語った言葉には嘘どころか、韜晦《とうかい》もないことを確信することになった。

……ここで秘書官がもう少し細かく「ならば貴族はいるのか？」と聞けば、「昔はいたけど今はいないと思う」という返答を引き出せたかもしれない。

しかし秘書官の中では（というか貴族的な価値観で言えば）『宰相がいて、国王がいるのに貴族がいない』などという世界は想像の埒外である。そのため、彼は『異世界にも貴族がいる』と判断して、主の待つ部屋へと帰還することになった。

ちなみに21世紀の日本には、制度としての貴族制は存在しないが、貴族（公家）に近い立場の人間は存在している。

分かりやすいところだと、令和の今上天皇陛下の即位式において名前が出てきた宮内庁の侍従長や皇嗣職大夫《こうししょくだいぶ》などだろうか。血筋もそうだし、仕事内容も天皇家の側近のような役職であるので、ある意味彼らは日本的な貴族（公家）と言ってもいいかもしれない。

そのような事情なので、神城は秘書官が確認を取った少女が「貴族はいない」と言っても、多少歴史好きの人間や、教師である木之内にも確認を取れば「ある意味、貴族に近い存在はいる」と答えが返ってくるであろうことを予想しており、結果としてどう転んでも『神城は嘘をついていない』という証明になると考え、こうして向こうに確認させるように仕向けたのだ。

一応、万が一のケースとして、召喚された人間に誰一人としてそういった知識を持った人間がいない可能性もないわけではなかったのだが、その場合は彼らに対し「即位式の時に天皇陛下の近くに侍従とかいたでしょう？」と水を向ければいいだけだと考えていたりする。

つまり神城は秘書官やローレンの中にある『国王の側近＝貴族である』といった、貴族社会の常識を利用する気満々であったと言っても過言ではない。

どちらにせよ、今回の件に関してはローレン側がその常識の穴を突かれた形となるが、このことで秘書官を責めるのは酷と言うものだろう。

なにはともあれ（それが神城の狙い通りの行動であったとはいえ）、秘書官が主に与えられた『神城の言葉の真偽の確認』という仕事を行ったことは事実である。あとはその結果を報告することで、彼の仕事は完遂《かんすい》される。

（今、自分が待たせているのは主だけではない。異国の貴族も一緒なのだ）

そう考え内心で焦燥に駆られながら、彼はこれ以上両者を待たせないために、そして己が得た情報をいち早く主に報告するために、できうる限りの早足で主が待つ部屋へと向かうのであった。

◆◇◆◇◆

意図して政治的な話を避けていた俺たちだったが、意外と話のネタはあるもので、茶の味やティーカップの品質、それにソファーに使われている革の材質など、いろいろな情報を得ることができたので、成果は上々と言ってもいいだろう。

まず基本的なこととして。この世界は地動説が定着している世界だ。時間と暦は、1日が24時間で、1カ月は30日。1年は360日。大地（星）は丸く、太陽も月もそれぞれ一つずつあることが分かった。

また、地図は見せてもらえなかったが、過去の研究でこの世界は丸くて陸地よりも海が多いということも判明している。なので、この世界には複数の大陸があるらしいのだが、海の魔物に対抗する術がないのでそれぞれの大陸間の交流はそれほど盛んではないとのこと。

種族としては人間やエルフ、獣人やドワーフ。さらに魔族や魔物がいるんだとか。そしてその中でも最強の種族はドラゴンらしい。

この中で人間の生存圏は意外と広く、それぞれの大陸に国家がいくつもあるらしい。あとナーロッパに必須とも言える『ダンジョン』もあるそうだ。

うむ。結論としては、この世界は典型的なナーロッパだな。

そんな感じでこの世界の基本的な知識を得たので、次は金や文化に対する質問をしようとしたのだが……

「閣下。ただいま戻りました」

ちょうどよくというかなんというか、向こうが確認に出していた執事っぽい男が戻ってきた。

そしてそれまで俺と話をしていた貴族も、一端話を切って執事っぽい男に目を向ける。

「来たか。それで？」

「はっ」

執事っぽい男はチラリと俺を見るが、その視線には嫌味とかはなく、純粋に客人を案じているような感じが見受けられた。どうやら彼の中で俺は『客人』にランクアップしたらしい。一応、これが演技という可能性もあるが、現時点でそんな無意味な真似をしてもしょうがないからな。

「あぁ構わん。そのまま答えよ」

俺がどう思ったかはともかく、向こうの貴族も執事っぽい男の態度でなんとなく察したようで、俺に対して「隠す気はない」という態度を見せてくる。

「はっ。それでは報告させていただきます」

「うむ」

「神城様の仰っていることは事実でございました。彼の国には間違いなく宰相閣下と天皇陛下と呼ばれる方がいらっしゃることが確認できました」

言葉遣いがあれだが、それもそうか。執事の立場だと、他国の貴族を名乗った俺の前で、その国家元首と宰相を呼び捨てにはできんよな。

「……そうか」

報告を受けたお偉いさんは、目を閉じてなにやら考えている。しかし俺には分かるぞ？　内心では「やべぇ！　他国の貴族誘拐しちまったよ！」って焦ってるんだろ？

そして俺は相手が動揺しているのを逃がす気はない。

「それでは、私の自己紹介を続けさせていただいてもよろしいですか？」

「む？　あ、あぁ。そうですな。これは失礼をしました」

なんだかんだで自己紹介の最中に向こうが取り乱して真偽の確認をした感じだからな。俺が提案したこととはいえ、間違いなく失礼な行為だろうよ。だがここで俺が「大丈夫ですよ～」と言えばそれで話が終わってしまうから、その前にいろいろと小細工をさせてもらうぞ。

「いえ、確認が必要なことであるのは事実ですからね」

「うむ。貴殿の言葉に嘘はなかった。しかしまさか貴国にも貴族がいたとは……誠に失礼した」

そう言って目の前のお偉いさんが俺に頭を下げる。

これが平民相手であれば、本人も頭は下げないだろうし、周囲の連中も「○○様！」とか言ってフォローに回るのだろうが、相手が貴族の場合はなぁ。

正確に言えば俺も貴族のことなんか知らんのだが、中世ヨーロッパ風の身分社会に生きる貴族のことは漠然とだけど知っているぞ。貴族にとって重要なのは、相手が貴族か否か、なんだ。

たとえ唸るほど金がある商人相手であっても、貴族は簡単には頭を下げない。商人だって貴族に頭を下げさせたなんて風聞が立ったら困るから、下げさせない。他国の使者を相手にした時も、相手が平民の場合は彼らが慮《はばか》るのは使者の背後にいる国家であって、使者個人ではない。

翻って俺の場合はどうか？

立場で言えば、たとえ平民であっても異世界から召喚された勇者一行の一人であり、国家として持て成すべき客人だ。その客人が貴族となれば、なおさらだろう。

しかし、ここで図に乗ってはいけない。

「いえ、どうせ現状では帰ることのできぬ地の話です。国家の後ろ楯がない貴族にいかほどの価値がありましょうか？」

「……はっきりと言いますな。確かに否定はできませんが」

俺が少し譲れば、向こうは苦笑いをしてグラスに注がれていた酒を飲む。

貴族とは、その身に宿る血も重要だが、仕える国や治める土地の後ろ盾があって初めてその力を発揮する。しかし今の俺には自分の身一つしかない。それを考えれば調子に乗るのは悪手。故に、まずは向こうに理解を示し、自身の立場を安定させることを第一にするべきだろうよ。

……これだけを聞けば俺の目的はかなりハードルが低いように思えるかもしれない。しかしながら、そもそも中世ヨーロッパにおいて『安定した立場』というのがどれほど得難いものかを考えれば、これは十分高望みとも言えるだろう。

大事なのは安全の確保。そのために必要なのは確固たる足場。故に、俺は、ここで下手に嘘をつかずに自分の立場を明確にしていく。

「それに先ほどの自己紹介でも言いましたが、所詮私の家は正五位の家に過ぎませんので」

そう言って俺がおどけた顔を見せれば、向こうはなんとも言えない顔をして俺に質問をしてきた。

「……先ほども言われましたが、その正五位というのはどのような立場なのですかな？」

そうそう。当然の疑問だよな。

向こうはこれを5番目に偉いと勘違いしたかもしれん。本来ならその勘違いを利用するべきなんだが、向こうには学生や木之内さんがいるからな。下手に嘘をついた場合どこでバレるか分からんから、この辺は正直にいこうか。

自分の思い通りの質問が来たことに内心で笑みを浮かべそうになるが、こういう時こそ油断は禁物、と気を引き締めた俺は努めてまじめな表情を作り、向こうからの質問に答える。

「おそらく閣下のお考えになっているような意味ではございません。この場合の五位とは、順位ではなく階位を指します」

「階位ですと？」

「はっ」

掴《つか》みは十分。そう考えた俺は簡単な説明を行うことにした。

「まず一位。これは関白や太政大臣とも呼ばれますが、今は宰相のことだと思ってくだされば いいでしょう。国によっては公爵閣下に相当します」

「ふむ」

正確には四位に相当する参議が宰相と呼ばれるのだが、あくまで『思ってもらえばいい』なので嘘ではない。さらに昔の日本は公爵に一位を与えていたので、これも嘘ではない。

「二位が外務省や財務省といった組織を束ねる大臣で。侯爵閣下や上位の伯爵閣下に相当するかと」

「なるほど」

向こうからすれば、ここまでは分かりやすい話だろうな。問題はこのあとだ。

「三位が国の立法府における議員や都道府県と呼ばれる地方の首長でしょうか。領地を持つ辺境伯閣下や伯爵閣下に相当しそうです」

「ほう？」

「四位が都道府県の中にある市区町村と呼ばれる行政区域のうち、大規模な市や区の首長でしょうか。こちらの貴族制をまだよく理解できていないのであやふやではありますが、子爵閣下や男爵閣下がこれになるかと思われます」

「いや、確かに大規模な街ならば子爵が束ねる場合があるので、その理解で問題ない」

この辺は多少の誤魔化しが混じるが、敢えてあやふやにすると告げることで嘘ではないと相手に印象付けることに成功したようだ。

また、向こうとしても四位の時点で子爵の名が出てきたので、五位の家である俺に対しての心理的なハードルはずいぶんと下がっているように感じられる。俺としても下手に持ち上げられても面倒なことになるのは目に見えているので、このままの印象を保てるように話を進めていく。

「そうでしたか。では話を進めさせていただきます。四位の下である五位には正と従があり、正五位が都道府県に常設されている議会の議員となります。これも男爵閣下に相当するでしょうか？　そして村や町の首長が従五位。準男爵閣下や騎士爵の方が該当しそうですね」

「なるほど。……つまり正五位である貴殿の家は？」

「地方の男爵家程度のものと思っていただければ」

「ふむ。それでも男爵に相当する家ではある、か」

当たり前の話だが、王公貴族が存在する社会において、最も強固な立場を持つのが貴族である。そして貴族社会に生きる貴族にとって重要なのは、『貴族であるか否か』だ。だからこそ、『自分の立場を安定させるためには貴族になる必要がある』と判断した俺は、実家の力を利用することにしたのだ。

これは『こんな異世界に来たんだから使えるものはなんでも使う！』という精神もあるが、親父や祖父の立場になって考えた場合、『異世界とはいえ神城家の名が高まることに喜ぶことはあっても怒ることはない』と判断したからでもある。

ちなみにこの位階であるが、21世紀の日本では長年市町村長や各種議員などを務めた人間が死んだ場合に実際に贈られるものだ。ただし当然ながら贈られるのは『家』ではなく『個人』であり、中世ヨーロッパ風に言うなら一代貴族に近いのだが、その辺をわざわざ自己申告するほど俺はお人好しではない。

まぁ神城家《ウチ》の事情はともかくとして。まずは目の前の交渉だ。

◆◇◆◇◆

「……おおよそは理解した。これから多少の話し合いは必要になるだろうが、まずは問おう。貴殿は私に何を望むのかね？」

――ローレンとしては、自分たちが召喚した人間の中に異国の貴族が混じっていたことに衝撃を受けており、貴族としての責任からも彼に対しての支援の必要性も感じていたので、よほどのことがない限りは神城からの『お願い』を断るつもりはなかった。

そしてこの言葉を引き出した神城はというと……。

（よし！）

内心でガッツポーズをしていた。

それはそうだろう、神城はこの言葉を引き出すために、長々と位階について語ったのだ。その成果が出て嬉しくないはずがない。

とは言っても、調子に乗りすぎれば行方不明《不幸な事故にあう》になる可能性が高いのは変わっていない。

故に神城は（まだ第2段階をクリアしただけだ）と自分に言い聞かせ、目の前の貴族との会談に臨む。

「私が望むのは大したものではございません」

「ほう？　遠慮は無用ですぞ？」

本来このようなセリフは交渉の段階で言っていいものではないが、今回は例外だ。

なにせ現在の彼我《ひが》の関係は被害者と加害者の関係であるし、そのうえで非は完全に自分たちにあるのだから、ローレンとしても妥協することに否はないのだ。

まぁ、もしも彼自身が今回の召喚を強行したのなら、ローレンは神城を殺してでも不祥事の揉《も》み消しに走ったかもしれない。だが、ミスをしたのは召喚をした連中。つまり自分にとっては敵対派閥の人間なので、いくらでもその非を認めることができるというのもある。

そんなローレンの気持ちを知ってか知らずか、神城は言葉通りに『ささやかな要求』をする。

「客人。いえ、この場合は食客でしょうか？　それくらいの扱いをしてもらえるのが理想ですね」

「食客？　英雄や賓客としてではなく、食客でよいのですかな？」

欲深い者は信用できないが、欲のない者も信用できない。

そのため「望むならもっと高待遇で迎えるぞ？」という餌を差し出すも、目の前の男は食いつかなかった。それどころか餌の陰に仕込まれた針を指摘することで、己の見識を示す。

「お戯《たわむ》れを。閣下は私があの若者たちのように、おだてられて自ら戦場に足を運ぶ戦奴に見えますか？」

神城の包み隠さぬ言いように、ローレンは思わず苦笑いをしてしまう。

そう。英雄だの賓客だのとして扱ったあとは、当然元を取るために動くことになるだろう。国王は魔族の討滅を要求し、ローレンの場合ならば領内の魔物の掃除だろうか？

餌に食いつかずそれどころか己の仕掛けた罠をしっかりと看破してきた目の前の若者に対して、ローレンはその評価をまた一つ上げることとなった。

「いや、やはりものの道理を弁《わきま》えているようだ。それで、私に後ろ楯になれと？」

その言葉が意味するところは、大貴族による身分の保証である。

「えぇ。男爵とは言いませんが、せめて準男爵くらいはほしいところです。あぁ無論私一代限りで、世襲はできなくとも構いません」

なんのこともないように要求する神城だが、社会人である彼にとって金も戸籍も身分証もない現状というのは、いろいろ怖すぎるのだ。よって今の彼は見た目以上に本気である

「準男爵ですか。世襲については今のところはなんとも言えませんが、貴殿の立場ならば当然の要求ではありますな」

「ご理解いただきありがとうございます（よし！）」

神城はその言葉を聞いて頭を下げつつ、内心でガッツポーズをする。

今回のケースだと、ただの平民でしかない者がローレンに対して「自分を準男爵にしろ！」などと言ったのなら大問題になるのだが、もともと男爵家の人間を準男爵にするとなれば話は

まるで違う。

それにローレンとしても、もしも自分が異国に召喚されてしまった場合を考えれば、最低限の身分の保証は求めるだろうと考えたため、神城の要求に応じることに異論はなかった。

貴族の中には平民のことなど考えない者も多いが、基本的に同じ貴族に対してはそれなりの対応を取るのだ。これは理でも利でも、情でもない。貴族という生き物の習性と言える。

しかし神城はその習性に甘えることなく、しっかりと仕事もするつもりだ。

「それと、これからお世話になる閣下に、プラスにこそなれど、マイナスにはならないようなご提案をご用意しております。多少お時間をいただきたいのですが、まだ大丈夫でしょうか？」

「そういえば、なにやら提案があるとの話でしたな。これまでの会話から、貴殿の言葉には嘘はないように見受けられる。ならばその提案も事実私にとってプラスとなるのでしょう……貴殿の提案とやらを聞かせてもらえますかな？」

これは秘書官から「嘘」のサインが来ないという事実があるからこその大盤振る舞いであった。つまり、誤魔化しはするが嘘はつかないという、T薬品式交渉術が勝利を収めた瞬間であった。

そんな営業職《企業戦士》の必須技能はともかくとして。神城が告げるのは、この世界の誰も意識していない部分であった。

「はっ。まずは向こうの国。あぁ、国名を日本と言うのですが、日本が攻めてきた際は私が交渉の場に立ちましょう」

「……は？　貴国が我が国に攻め入る……そのようなことがあり得るのですかな？」

完全に予想外の提案をされて一瞬固まるローレンに対し、神城は当たり前のことのように説明をする。

「可能性の話ですがね。ですがこうして呼び出すことができるのですよ？　向こうから乗り込んでくる可能性が絶対にないと言い切れますか？」

「むぅ。確かに」

攻めることができるなら、同じ道を使って攻められることもある。常識ではあるが、今まではなかったことだ。これが一介の貴族なら一笑に付すところであろう。

しかしローレンは軍務大臣として軍事に造詣があるからこそ、神城の語った理屈を深く受け止めることになった。

「さらに言わせていただければ、今まで何もなかったのは貴国らが召喚したのが平民だけだったからだと思われます。しかし今回は私を召喚しておりますので……」

「あぁ、それもありますか」

これもローレンの立場になって考えれば当たり前のことである。この場合で言えば他国に自国の平民が攫《さら》われたというだけなら、文句はつけるかもしれないが、適当な落としどころを見つけることもできるだろう。

しかし、攫われたのが貴族であれば話は全く変わってくる。

たとえ攫われたのが地方の男爵家の子供とはいえ、寄子に頼まれたなら寄親は動く必要があるし、国家としても何かしらの対応を取らざるを得ないというものだ。そう考えれば、向こうがなんとかして神城を取り戻すために道を作る可能性も考慮する必要がある。

ローレンは内心で（面倒なことになった）と思わないでもないが、神城は完全な被害者なので彼を責めるわけにはいかない。

殺すのは最終手段、まずは生かして使う。ローレンはこの時点でそう決めていた。

そんな彼の内心を知らない神城は言葉を続ける。

「たとえ戦えば勝てると言っても、無駄な損害はない方がよいですし、戦いの前に各種準備をする時間はあった方がよいでしょう？　それらを考慮して私に最低限の立場を与えていただければ、向こうから何かしらの接触があった際に私が窓口となれます」

「確かに。それなら貴殿に立場を与えることの理由になりますな」

戦をして負けるとは言わないが、相手の情報がないまま戦っては不要な損害が出る可能性もあるし、戦は準備に時間が必要なのは事実である。また、時間稼ぎの使者として誰かを送るにしても、奴隷として扱っていた人間よりは、貴族として遇《ぐう》していた方が向こうの印象がよいのは当然の話だ。

これは神城が言うように、あくまで万が一の話である。

とはいえ、その可能性があるなら備えるのが軍人であり為政者の務めでもある。それに、この話を利用して『向こうからの侵攻に備える』という名目で軍事関係に予算を回させることも可能になるかもしれないと考えれば、ローレンにはこの可能性を否定する理由はない。

「ご理解いただきありがとうございます」

「いやいや、なんの。こちらこそ、今まで考えてもいなかったことを指摘していただき感謝する」

これは王国の軍事を司る軍務卿として紛れもない本心であった。

「そう言っていただけると助かります。しかし、今の話はあくまで緊急時の話です」

「ふむ？（何が言いたいのだ？）」

訝《いぶか》しげに自分を見るローレンに、神城は苦笑いをしながら自身の考えを明かしていく。

「普段何もせずに遊んで暮らすわけにはいきませんからね。多少のお仕事をしようかと」

「仕事？　しかし……」

ローレンにしてみれば、神城の存在は緊急時の保険という意味を持つだけで十分なのだ。下手に何かをされて神城に死なれては困るので、黙って屋敷に留まってもらいたいというのが本音であった。

しかし神城は、彼の要求に応えつつも予想外な提案をする。

「はい。私に薬を作らせていただきたいのです」

「は？　クスリ、ですか？」

「えぇ。薬、です」

呆然と聞き返すローレンに対し、神妙な顔を崩さない神城。互いの思惑を胸に、話は次の段階へと進む。

「無論、私とて既存のギルドがあることは承知しております」

「うむ」

既得権益を侵す新規参入者は、どこの世界でもじゃま者扱いされるのが常である。そして侯爵であるローレンとて、国中に存在するギルドの存在を軽視することはできない。そのため神城に薬を作りたいと言われたローレンは（どうやってやめさせようか？）と考えたのだが、当の神城は既得権益に関しても理解しているというではないか。

目の前の青年の態度から、何の考えもなく囀《さえず》っているわけではないと理解したローレンは、その提案の内容を細かく聞くことにした。

「そこで私は彼らにも利益を与え、閣下にも利益を出す提案をご用意させていただきました」

「……そのようなことが可能だと？」

「えぇ。それも比較的簡単にできることとです」

「……」

無言のローレンから「焦らさなくていいからさっさと話せ！」という目を向けられ、神城は内心で浮かべた笑みを隠しつつ、話を進めていく。

「簡単な話なのですけどね？　各家庭に常備薬を用意することは可能ですか？」

「常備薬？　各家庭に薬を用意すると？」

「えぇ。それぞれの家に火傷用の薬や熱が出た時の解熱剤、簡単な頭痛薬などを置かせます」

「置かせる？」

「はい。買わせるのではなく、最初は置かせるのです」

「買わせない？　しかしそれでは利益にならぬのでは？」

「いえ、これから利益を出す方法があるのですよ」

「……聞かせていただこう。あぁ、その前に。おい、人払いを」

「はっ！」

話が本題に近付くにつれて2人の距離は縮まり、その距離に比例して声量も低くなっていく。

傍から見れば悪巧みをする貴族と商人の図である。当の2人はお互いの見た目を気にせずに話を進めていく中、執事っぽい男性は2人の会話が余人に聞かれることがないよう、命令通り人払いを行う。

「お待たせした。では続きを」

「はっ」

室内の人間と一定の距離ができたことを確認した2人は会話を再開する。

「まず第一の利益。人頭税を上げることができます。もしくは新たに薬税という税を設定してもいいかもしれません」

「……増税？　貴殿は簡単に言うが、税とは簡単に上げられるものではないぞ？」

まともな国家に仕えるまともな貴族であれば、平民から死ぬまで搾り取るなどということはしない。生かさず殺さずのラインを見極め永続的に巻き上げるのが優れた貴族というものだ。

そのため現在の王国の平均税率は『民衆がわずかに貯蓄できる程度』を目安としたバランスのうえで設定されているので、軽々しく税を上げるのは難しいものがある。

そのことを理解していない神城に対し（所詮は領地持ちではない男爵家の人間か）と失望しかけるローレンであったが、神城の言う増税はローレンが思い描くような大規模なものではない。

「無論、存じ上げております。誤解があるようですが、この増税では大幅に値を上げる必要はないのです。毎月1人につきパンの1つくらいが買える値が適正かと」

「パン？　……あぁ。最初は値が低い方が受け入れやすい、ということか。うむ。薬と引き換えにその程度の増税ならば、確かに領民も納得するであろうな」

「はっ（俺が意図するのとは違うが、この辺は統治者の考えだし。突っ込まんでおこう）。それに国王陛下や他の貴族の方々に対しても増税の理由として正当な物言いができます」

「確かにそうだ。いやはや、よくできている」

お主も悪よのぉといった顔をしつつ神城の提案を前向きに検討し始めたローレンに対し、彼はさらなる追撃を加える。

「そして制度の管理についてです。最初領民に配布する分は閣下が蓄えている税から支払います。ですが、そのあとは薬を使用したら使用した分だけ領民が自分たちで購入するようにします。こうすることで薬師のギルドには常時仕事が入り、閣下は面倒な手間を省きつつ、領民と薬師ギルドから税を徴収することができます」

最初は自腹を切ると言われて一瞬嫌な顔をしたローレンであったが、あとから回収できると聞かされて態度を軟化させた。

「ほほう。それはよいな」

「そうでしょう？（うむ。好反応。そりゃ楽をして金儲けができて喜ばん為政者はいないし、大量受注で喜ばない製造者はいないからな）」

目の前で黒い笑みを浮かべる2人を見ていた執事っぽい男は、交渉の場で主人とタメを張る神城のことを「紛れもなく貴族だ」と認定したとか。

「つまり、領民はいざという時の備えができ、薬師は受注で儲け、閣下は新たな税という形で利益を得る形を構築することができるのです」

誰も損をしない優しい世界。盗難や転売の可能性？　それについて考えるのは、統治者や薬師ギルドの仕事だと神城は考えていた。

つまり面倒事は全部ぶん投げる予定だと言ってもいい。

「なるほどなるほど」

「さらに薬師ギルドに対して何割かの利益を要求することも可能かと」

「ふっ。その通りだな」

ローレンが用立てるのは自領の分だけ。だが薬師ギルドが用立てるのは王国全土、いや、もしかしたら他国も含まれる。それで上げた利益の数割を自分が受け取れると考えれば、初期投資など話にならないくらい美味しい話だ。

（これぞT薬品の常備薬システムっ！）

……本来は設置料も無料なのだが、あれはいろいろ発達した日本だからできるのだ。中世どころか、日本以外の国で完全に再現するのは流石に無理だということを理解しているので、神城もそれに関しては早々に諦めていた。

補足をするなら、少量であっても目先の金として最低限の金を徴収させないと、貴族連中は納得しないと考えたというのもある。話に前向きなローレンを見た神城は、さらに自分の価値を高めるために提案を重ねていく。

「加えて貴族の方々向けとして、私も薬を作ろうかと思っています」

「貴殿が？」

「ええ。私は薬師ですからね。それも、異世界から召喚された際に神から授かったスキルを持つ希少価値の高い薬師です。故に貴族向けの薬を作るなら、私が適任かと（貴族が飲む薬を貴族がつくる。悪くないだろう？　さらにその薬を製造する貴族が自分の子飼いであると考えれば、なおさらだよな）」

「確かに貴殿の意見も一理ある。しかしたいていの貴族にはお抱えの薬師や回復魔法の使い手がいるので、それほど需要が見込めるわけではないぞ？」

薬師ギルドの既得権益を押さえたとはいえ、こちらは名誉が関わってくる内容になる。故に下手に巻き込まれたくないローレンとしては、そう簡単にはいかないからそちらは諦めたらどうか？　と言外に忠告をする。

しかし、その事実も、神城の予想の範疇からは外れてはいなかった。

◆◇◆◇◆

……やはりそうか。回復魔法師に関しては女神から聞いていたし、召喚された時に子供が騒いでいたから知っているが、やはり魔法使いもそれなりに数がいるようだな。だが甘い。常備薬販売営業のニッチ根性を舐《な》めるなよ？

「問題ありません。なにせ私が用立てる薬は、主に胃薬などの体内に作用する薬ですので」

「はぁ？」

胃薬という単語を聞いた向こうは不思議そうな顔をしてくるが、俺の〝診断〟は嘘を付かん。

いやぁ本当は暫《しばら》く使わない予定だったけど、晩餐会でメチャクチャ鑑定っぽいコトをしていた奴らがいたから、俺も便乗して〝診断〟をしてみたんだ。

結果はかなり俺にとって都合がいいものだった。

例えば目の前の貴族は『肩こり（弱）胃もたれ（弱）神経痛（中）』という診断結果が出ているのだ。ただこの診断は即座に病状が見えるものではなく、声や目の色、肌の張りや立ち方など、情報が集まれば集まるほど正確な病状が把握できるようだ。

だから鑑定みたいに相手には気付かれない……と思う。

「失礼ながら、晩餐会に参加していた方々を簡単に診てみました。閣下もそうですが、貴族の方は結構な方が胃に問題を抱えているようでしたね。あぁ胃というのはですね」

言葉は伝わっても、中世風な世界では人体の臓器を示す単語の意味が伝わらない可能性に気付いた俺は、胃について説明しようとするも、それは杞憂《きゆう》であった。

「いや、我々も貴殿らの国で胃と呼ばれている器官は知っている。確かに日常の業務の中で胃痛や、パーティーのあとで胃もたれを起こす者は少なくない。貴殿はそれを癒せると？」

「さて、今はまだこちらの薬の成分や薬草などの植生を理解しておりませんので、確たることは言えませんが」

「ならば――」

「しかし！」

ここが勝負どころだ。そう考えた俺は、無礼になるかもしれんが向こうの言葉を遮って話を続ける。

「しかし、我が国は魔法がない分、薬学が発達しておりましてね？　自然にある成分だけで胃薬や解熱剤、毛生え薬などの開発に成功しております」

「……なんと」

俺の言葉を聞いて驚きの表情を浮かべるお偉いさん。あれだよな、さりげなく出したが、毛生え薬はなぁ。世が世なら、これだけで天下が取れるシロモノだからな。その価値を知るなら驚くのも当然だろうよ。

「それに、外傷を治療する回復薬があるのなら、胃薬など簡単につくれますよ？」

これは普通に自信がある。なにせ日本には糖衣に包まれた○露丸という万能薬があるからな！

「ほう？」

そんな俺の自信を感じ取ったのか、向こうはそれ以上反論するのを止めて「やれるならやってみろ」といった表情を向けてくる。

これは勝ったな。よし、風呂入って寝よう。いや、まだ寝られないけど。

◆◇◆◇◆

こうして交渉の勝利を確信した神城であったが、そもそもの話、ローレンにとって神城という異国の貴族の用途は緊急時の使者となることだけで、あとは寝て過ごしてくれてもよいのだ。

そんな感じだったところに、先ほどの常備薬の提案だ。これだけでも食客として抱えるにはお釣りが出ると考えているので、神城が作ろうとしている胃薬や毛生え薬の作成が失敗しようとも彼を邪険に扱うつもりはない。

「なるほど。話は理解した。それでは、貴殿の手並みを拝見させていただこう」

故に、ここでローレンがこのような物言いをするのも、

「はっ。ご期待ください」

それに対して神城がこう答えたのも、ごくごく自然な流れと言えるだろう。

「ではこれで貴殿の『提案』と『お願い』は終わりかな？　もしこれ以上何もなければ、これから貴殿の身分の登録などを行いたいのだが？」

新規に準男爵を任命するだけでなく、薬師ギルドとの折衝や税や軍備に関しては国王とも情報交換を行う必要がある事案なので、これから忙しくなることは確定している。特に、神城を抱え込むためには召喚者を管理する立場である国王との交渉を行う必要がある。

「えぇ。特には……あぁ、申しわけございません。もう一つお願いがございます」

それらの準備のため、ローレンはできるだけ早く動こうとしていたのだが、ここでそれらの事情を理解しているはずの神城から「待った」がかかる。それも用件が提案ではなく「お願い」ときた。

「……何かね？」

断れないような状況で最後にもう一つ「お願い」をしてくる神城に対し、交渉術としては正しいと認めながらも、多少の不快感を覚えたローレンであったが、その不快感はすぐに霧散することとなる。

「……失礼ながら、私はいまだに閣下のお名前を伺っておりません」

「おぉ！　これは失礼をした！」

普通に考えれば侯爵であるローレンに「あんたのお名前なんて言うの？」とトニー某のように聞くのは失礼を通り越して無礼極まりない態度であり、これだけで無礼討ちされてもおかしくはない行為だ。

しかしながら、神城は今日異世界から来たばかりの人間である。当然自分のことは知らないだろうし、それを咎《とが》めるのも筋が通らない。

さらに向こうは最初に名乗っているので、無礼なのは自分だ。そう理解したローレンは、素直に謝罪し己の名を名乗ることにした。

「私は、恐れ畏くも国王陛下より軍務大臣としての地位を任じられている、ローレン侯爵家が当主、ラインハルト・ローレンと申す。これからよろしく頼むぞ、神城準男爵」

「これは、軍務卿にして侯爵閣下であらせられましたか！　知らぬとは言え、これまでのご無礼、何卒……」

「よいよい。今宵《こよい》はめでたき日よ。故に新たな同胞を歓迎しよう」

「はっ！　ありがとうございます！」

お互いの思惑はともかくとして、こうして神城は準男爵という身分と、ローレン侯爵という後ろ盾を手に入れたのであった。

4章　メイドさんのリクルート

（いやはや。王に近い位置に立っていたうえに、他の連中よりも勲章が多かったのを見て取り「間違いなく軍関係のお偉いさんだ」と判断して話しかけた相手が、まさかの侯爵で軍務大臣だったとは。偶然とはいえツイてるな！）

ローレンとの会談が予想通りに進んだ結果、異世界に召喚された当日に住所不定無職の身から解放された神城は素直にそう思った。

それは後ろ楯が大きいことに悪いことはないというのに加え、薬の価値や需要を考えれば、薬剤師という職業と軍事関連は非常に相性がいいからである。

また、この世界の魔法がどの程度の効果を持つかは知らないが、少なくとも胃痛を治すような使い方をしないということが判明したのも大きい。

今まで召喚されてきた人間は学生が主だったのだろうか？　少なくとも仕事によるストレスや胃痛のつらさを理解している者はいなかったようだ（もしくは胃薬について真剣に考える余裕がなかったか）。

これから試行錯誤していくであろう胃痛についてはともかくとして、最低限の立場と収入のアテができた神城は、生活基盤を整えるため、さらに一手打つことにした。

◆◇◆◇◆

「やぁメイドさん。元気してました？」

「……おかえりなさいませ」

おやおや。こちらはあえて脳天気を装い朗《ほが》らかに挨拶したというのに、向こうから返ってきたのはやや憮然とした感じの挨拶。さらに言えば、どこか焦りを感じるな。

いや、気持ちは分からんでもないがね。

なにせ彼女は俺の世話役。つまり監視役だ。それなのに俺が侯爵と別室に移動してしまったことで、俺の監視ができなくなってしまったんだからな。

そんでもって、まさか自分の仕事の失敗を侯爵のせいにするわけにもいかんだろうから、責任者への報告を前にして陰鬱な気分になっているんだろうよ。

ただし、彼女はハニトラ要員でもあるから報告は明日になるはず。だからこの焦りは「それまでになんとかしたい」という思いが表に出ているのだろうさ。

しかしなぁ。交渉は弱味を見せた方が負けるものだぞ？

今まで営業なんかで競合相手と競っていた際、散々に辛酸を舐めてきた経験は伊達《だて》じゃない。さらに言えば、こっちは被害者でそっちが加害者だ。なら彼女の焦りという弱みを利用しても文句はないよな？　まぁ「年端もいかない少女相手に些《いささ》か大人げない」と思う奴もいるかもしれないが、俺にも余裕があるわけでもないんだ。

特に、今現在俺が抱える問題を解決するためには、どうしても彼女と会話をする必要があるし、できたら取り込みたい。つーわけで、俺の都合に巻き込んですまんが今はその焦りを利用させてもらうぞ。

「さてメイドさん。少し確認したいことがあるんだけど、時間は大丈夫かな？」

「……なんでしょうか？　お答えできることならお答え致しますよ」

つまり答えられないことには答えないってことか？　素直だねぇ。俺としてはその方が楽でいいけどな。

「聞きたいことはいくつかある。まずは君の立場の話だ」

「立場、ですか？」

「そう。君はあれだろう？　私の世話役なんだろう？」

「そうですね」

「つまり、私の夜の相手をすることもその職務のうちかな？」

「あぁ……えぇ。そうですよ。これからなさいますか？」

俺の質問を聞いたメイドさんは「なんだそんなことか」と言わんばかりに頷いて、上着に手をかけようとする。しかし残念ながら俺がこの確認をしたのは、ヤりたいと言うのをオブラートに包んで伝えたわけじゃないぞ。

「早とちりはしないでほしい。まずは確認をしたかったんだ」

「確認、ですか？　……ご安心ください。私は処女ですので、病気は持っておりません」

「そっちじゃなくて」

なんだ？　今まで召喚されてきた奴はそんな確認をしたってデータでも残っているのか？

いや、確かに俺みたいに女神から話を聞いていないなら、その確認は必須なのかもしれんけどなぁ。

「そっちではない？　では何を知りたいのですか？」

うん。過去に召喚されてきた勇者（いろんな意味で）の行状はともかく、今は確認すべきことを確認するとしよう。

「いや、君はこうして王城に入ることを許されているくらいだから、それなりの格式がある家の娘さんなのだろう？」

まさか外来からコンパニオンを呼び込んだりはしないよな？

「……えぇ。確かに私はそれなりの家の人間ではあります」

俺の問いを受けたメイドさんは、どこか投げやりな感じでそう答えてきた。

ふむ。クール系美少女だと思っていたが、それなりの部分にアクセントを付けるくらいの人間性はあるらしい。いや結構結構。人生諦めたような奴と一緒にいてもつまらんからなぁ。

うん。これならこの国での生活も退屈せずに済みそうだ。

そう考えた俺は、彼女との会話を続けることにした。

◆◇◆◇◆

実のところ（もしかしたらこのメイドさんたちは王家に絶対服従の隷属を強いられている可能性もある）と考えていた神城は、メイドさんにもしっかりとした人間味があることに安堵を覚えていた。

その根幹には、彼女とこうした会話ができるということは、彼女は摩訶不思議な魔法やマジックアイテムで己の意志と行動を縛られているのではなく、政治や金銭的な理由で己の行動を縛られているということだからだ。

つまり何が言いたいかと言えば『彼女とは交渉の余地がある』ということだ。同時に、交渉できるなら対処もできるということでもある。そんなどこぞのイン○ュベーダー的な思いを胸に、神城はメイドさんとの会話を続ける。

「ふむ。そうであるにもかかわらず、君はこうして私たちのようなどこの誰ともしれない男と夜を共にしなければならない事情がある、というわけだ」

「……何を仰りたいのでしょうか？」

メイドの少女が自身に向ける視線から、神城は彼女がこうしてこの場にいることには、何かしらの事情があるという確信を抱いた。

いや、一応特殊能力を持つ異世界人種を求めて志願してきた可能性も考慮していたのだが、あの勇者のように王が特別扱いするような職業ならともかく、単なる薬師と思われている自分にまでこんな娼婦紛いのことをするには理由として弱いと言わざるを得ない。

ならば彼女の事情とは何か？　……そんなの決まっている。

ある種の確信を抱いた神城は今も訝しげに自分を見るメイドに対して、内心の笑みを隠して真剣な顔を装いながら話しかける。

「いやなに。これから君に提案したいことがあってね。その前振りみたいなものさ」

「提案？　前振り？　ですか？」

「そうだね。引っ張ってもしょうがないからストレートに聞くけど……メイドさん、君は私に仕える気はないかい？」

「……はぁ？」

「うん。教科書に載せたいくらいの『何を言ってるんだ？』って表情だね」

「あ、いや、し、失礼致しました！」

客人に対してあまりに無礼な態度を取ったことを自覚したメイドは、慌てて頭を下げるも、神城は特に怒ってなどいなかった。……むしろ向こうが謝罪してきたことを受けて（これでマウントが取りやすくなった）と内心で笑みを浮かべていたくらいだ。

「いやいや、いきなりこんなことを言われても意味が分からない、というのは私にも分かる。だから私の意図を説明したいんだけど、時間は大丈夫かい？　って話なんだよ」

言外に「夜の世話を任されているなら、当然時間に制限もないだろう？」と告げてくる神城に、メイドは「……そうでしたか。確かに時間はあります」と答えるしかなかった。

その言葉を聞いた神城は「それはよかった」と言いながら、クールなメイドさんが見せる豊かな表情の変化を楽しめたことに対して、満足気に頷くのであった。

◆◇◆◇◆

神城付きのメイドさん、ことエレンの実家は、王都に居を構える由緒正しき男爵家である。ただしこの場合の由緒正しさとは『これといって特徴がなく、とり潰す理由がなかったがために生き延びてきた家』と言い換えることができるかもしれない。

家の歴史は長いものの、その職責は単なる文官の家系であるが故に毎月の給金以外の収入はなく、寄親と呼べるような存在もない。分かりやすく言えば一山いくらの木《こ》っ端《ぱ》法衣貴族であった。

そうは言っても、領地持ちの男爵家のように天候不順やら魔物からの襲撃で予定していた収入を得られず、借金に追われるような貴族と比べれば、王都で安定した生活が送れるだけ十分マシだ。これまでの歴代当主はそう思って暮らしてきたし、エレンの両親や家族もそう思っていた。

実際、普通に暮らし、普通に生活をする分には問題がなかったのだ。しかしそんな浮きも沈みもしない、ある意味で平和な生活もある日を境に終わってしまう。

事の発端は数年前、エレンの兄がとある子爵家の次女を嫁にしたことから始まった。

エレンの兄は嫡男であったので、畢竟《ひっきょう》兄嫁は次期男爵の妻となる。そのことで何かを勘違いしたのか、兄嫁は大貴族の妻が主催するサロンに参加したり、周囲に賄賂をばら蒔《ま》いて兄の立場を強化しようとしたのだ。

今考えれば、あれは兄のためではなく、男爵夫人となった自分の虚栄心を満たすための行いだったのだろう。

当たり前の話だが、王都に数多くいる木っ端男爵が用意できる金ごときでは王都で出世などできるはずもない。そのためエレンの兄は特に出世することもないままであった。

そのことを理解した時に夫婦で節制に努めれば、男爵家の家計もまだなんとかなったかもしれない。しかし、プライドが邪魔をしたのか、投資分を諦めることができなかったのかは不明だが、ばら蒔きを止められなくなった兄嫁は節制をするどころか逆に見栄を張って更なるばら蒔きを行ってしまい、エレンが気付いた時には彼女の実家の男爵家は貧乏な貴族にたかられるだけの存在になってしまっていた。

そんなことになれば、もともと余裕のあるわけではなかった男爵家の家計が破綻するのは当然のことであった。

この段になってようやくと言うべきか、兄嫁の口癖であった「子爵家の力があれば、旦那様は必ず出世しますわ！」という言葉に乗せられていた両親や兄も現実に気付き、これ以上の浪費を控えるように伝えたのだが……兄嫁は頑として譲らずにばら蒔きを続け、数カ月後には男爵家にとっては莫大な額の借金までしていたことが判明する。

両親にしてみたら、なんとか嫡男を出世させてやりたいと考えたうえで兄嫁の行動を黙認していたのだろうが、そんな思いは借金取りには関係ない。

最終的には、借金の返済に追われて「これ以上は無理だ」と判断した父親が、向こうの実家に話をつけて兄嫁を離縁させることに成功したものの、当然兄嫁が作った借金が消えるわけでもなく、父と兄はその返済のために金策に走り回ることになる。結局、兄嫁が残した借金は男爵家にとって莫大と言える金額であり、返済についても家にあった調度品を売り払い、父と兄の稼ぎのほとんどを返済に充ててなんとか利子を返せる程度でしかなかった。

借金まみれのまま、貴族として孤立した生活が数年続いた時、とうとう父が過労と心労で倒れてしまう。そうして病に倒れて満足に動けぬ父に代わって兄が家を継ぐことになるも、働き手が減ったせいで男爵家の収入はさらに減ってしまい、利子の返済にも四苦八苦する始末。

この、終わりの見えない悪循環の中、エレンと彼女の妹は、なんとか自分たちが家計を助けることができないか、と考えていた。

普通ならこういった場合、その家の娘が高位の貴族や、大金を持つ商人の妾《めかけ》となれば、貴族としての体裁はともかく、金銭的な問題は解決する。

当時はまだ幼い妹はそういった対象にはなりえなかったが、エレンは器量もよく一般的な勉学もできたので、それなりに高い値が付きそうだったことも、男爵家にとっては幸いと言えたかもしれない。

……これはある意味では身売りのようなものだが、こういったことは貧乏な貴族ではよくあることだし、男爵家の夫人でしかなかった元兄嫁ができる程度の借金ならば、それでなんとか返済できる可能性があるのも確かだった。

（これも家のため……）

そう思って自分を高く買ってくれる相手を探したエレンであったが、現実は厳しかった。まずエレンの家には、高位の貴族との伝手《つて》がなかった。また離縁された兄嫁が被害者面をしてサロンで騒いだせいで、エレンの家は向こうの子爵家共々上流貴族に敬遠されてしまったのだ。

残っていたのは、兄嫁にたかっていた貧乏貴族か、貴族の娘を妾にできると涎《よだれ》を垂らしながら足元を見てくる商人たち。

（……虫酸《むしず》が走る）

男爵家の娘として育てられ、家のためになる相手と結婚することを覚悟していたエレンだが、それでも一人の少女としての思いがあった。

しかし母も兄ももはや限界に近く、それが訪れたら幼い妹までこの屈辱に耐えねばならなくなる。そのことを悟ったエレンは自分に一番の高値をつけたとある商人の愛人になることを承諾しようとしていた。

そこに転機が訪れる。

なんと身売り同然に商人のところへと嫁ごうとしていた彼女の下に、王城からの使者がやってきたのだ。

その使者の依頼は「近いうちに国外からとある客人が訪れる予定なので、その世話役になってもらえないか？」というものであった。

結論から言えば、エレンは一も二もなくその提案に頷いた。

言ってしまえば、「見たこともない男の娼婦になれ」と言われたにもかかわらず、だ。

エレンがなぜその提案に頷いたかと言えば、この依頼を受けることで国から多額の金が支払われることが告知されていたことや、何よりもこれが王家からの依頼であったからだ。

貴族としての価値観を持つ彼女の中では、金があるだけの商人の愛人になるよりも、王家の客人の愛人になる方がいいと思うのは当然のことであった。さらには、貴族として王命に従うことで、自分の家の名誉回復も見込めるという狙いもあった。つまりこの決断は、彼女なりの貴族としての誇りでもあったのだ。

そんなこんなで王城で侍女としての教育を受けて1年ほど経ったある日のこと。予定通りに異国の客人が（客人が異世界から召喚された勇者一行とは知らされていなかったが）王城を訪れた。

その数、男女合わせて31人。

王家は最初に彼らの職業や人間性、力関係などを調べ、最優先事項である勇者ら4人には下手に異性を付けることをせず、勇者の案内役として王女を、他の3人の付き人として高位の貴族の子女を付けた。

常識で考えれば高位貴族の子女を案内役にするのはおかしい。だが、彼女らの父は、下手に勇者と距離を詰めて彼に懸想しているであろう聖女や賢者や剣聖から敵視されるよりも、彼女らの友人となり、自然な形で勇者に近付いたり、友人としての立場を利用して、異世界から来た勇者一行を己の家のために使おうと考えていたのだ。

その過程で勇者から子種をもらい、優秀な子供が生まれたら分家を任せて、己の家系に勇者の血を入れることができれば最良。彼らにはこういった狙いがあった。

以上のことから、今回召喚された中で有望な職業を持つ召喚者の下には有力な貴族の子女が付けられており、そうでない者にはそれなりの家の者が付けられることになっている。

エレンが神城の言った「それなりの家の娘さん」という言葉に反応したのは、そのような事情があった。

彼女の気持ちを言語化するなら「あなたも勇者様に比べたら『それなり』でしかないじゃないですか」というところだろうか。

実際この世界における薬師は戦闘職ではなく、生産職としても微妙な職業で、王家に言わせれば「わざわざ異世界から呼ぶまでもないな」といった感じの評価であり、エレンと同じような立場の少女たちにしても、わざわざ彼の側付きとなるために競争をしようとは思わなかった程度の扱いでしかないのだ。

だがエレンは違った。確かに薬師は微妙な職業だろう。だがその需要から、決して食いっぱぐれることがない職業でもある。

自身が王城に身売りしたことで元兄嫁が作った借金はほぼなくなったものの、今も満足な貯蓄があるわけではない実家の事情を考えれば、目立ちやすいがいつ死ぬかもしれない戦闘職や、その職業柄教会の影響を受けることを余儀なくされる回復魔法師よりも、安全かつ安定した収入を得られる薬師の方が都合がよかったのだ。

そのような打算もあり、彼女は進んで彼の側仕えになることを決めていたというのに、当の神城が「自分に仕えないか？」などとわけの分からないことを言い出す始末。

(さっさと抱いて終わらせればいいじゃない！)

金も立場もない男に仕える気がないエレンは内心でそう考えていたのだが、神城の言葉を聞いて、その考えを多少改めることになる。

「まぁ話を聞いて損はないと思うよ？　少なくとも、私が君に提案するのは、どこの馬の骨とも分からない男の娼婦になって、王家から多少の施しをもらうよりはよっぽどよい提案だと確信している」

「……分かりました。どちらにせよ私にはお客様を無視するという選択肢はございません。その提案をお聞かせ願えますか？」

　そうエレンは言うが、実のところこの言葉は正確ではない。

　彼女を含め、彼らに付けられた侍女たちは、所詮それなりとはいえ正真正銘の貴族の家の娘である。そのため王家は最低限の配慮として、どうしても無理な場合は性交渉を断ることもできるとし、場合によっては「無理やり襲われた！」と言って相手を脅迫して傀儡《かいらい》にするという方針を取ることもできるような準備も整えていたのだ。

　このような事情なのでエレンもその気になれば神城の前から立ち去ることもできた。それをしなかったのは、自分でも（現状を抜け出せるなら抜け出したい）という思いがあったからだ。

　それに何より、話を聞くだけならタダである。またあまりにも自信満々な態度を取る神城の提案が本当に自分のためになるならそれでいいし、彼が話す提案の内容によっては、監督役に報告して褒美をもらうこともできるかもしれない。

　このように抜け目のない計算をしたうえで、エレンは神城との会話を続けようとしているのだ。端から見ればクールな容貌をして、何事にも厭世しているように見られることもあるエレンという少女は、自身と家族のためなら、どんなことでもする覚悟ができている少女であった。

◆◇◆◇◆

「そもそもの話。現在住所不定無職の私に『仕えないか？』と言われて頷く人間がいるとは私も思ってはいないんだ。なにせ私は君たちの常識で言えば、普通職の薬師に過ぎないのだから」

「……そうですね」

俺の言葉を受けて、メイドさんは無表情のまま頷いた。

実際問題、普通に考えれば今の俺には経済基盤がないから、俺に仕えたところで給金を支払えるとは思えないからな。夢では飯を食えないし、身売りに近い状態に身を落とすほどの状況なら、金がないと話にならんだろうよ。

せめて俺が自分の薬局とか工房を持っていたり、相当レア度の高い職業だったらその将来性を担保にできたのだろうが、それもない。そんな俺に仕えることになったとして、自分に一体どんな得があるんだ？　と疑問に思うのは当然だ。

だからまずは、その前提を覆させていただこうじゃないか。

「だが、その前提は明日には覆ることが確定している」

「明日？　覆る？」

俺の言葉を聞いて訝しげに首を傾げるメイドさんに、俺はさらなる追撃を行う。

「そうだ。今の私は住所不定無職の身だが、明日には準男爵に叙せられることが確定している」

「なっ!?　……流石に冗談では済みませんよ？」

あぁうん。目の前の男からいきなり「貴族になる！」なんて言われても信用できんわな。

「疑うのは当然だと思う」

だが事実だ。

「具体的に言えば、私はローレン侯爵閣下の寄子となることになったんだよ」

「ローレン侯爵閣下の……」

俺がローレンと長時間会談をしていたことを知っているメイドさんは、俺の話がただの妄想や与太話ではないということに気付き、真剣な表情で考え込み始めた。

「そうだ。そこで国家の客人であり、侯爵閣下の後ろ盾を得ることになった私に、なんの立場も与えないというのは外聞が悪いだろう？　そのため、閣下が自分の裁量で用意できる準男爵の地位を私に用立ててくれたのだよ」

「……確かに、侯爵閣下であれば自己の判断で騎士や準男爵を任命できます。それにお客様の立場を加えて考えれば、今の時点でそのお話を荒唐無稽と断言するのは難しいですね」

「だろう？　その真偽は明日になれば分かるのだから、明日にでも確認してくれればいい」

「明日？　お客様はそれでよろしいのですか？」

「ん？」

　メイドさんは即答しなくていいのか？　という顔をするが、そりゃそうだろ。

「ある意味で君の人生を決める決断だからね。君だって情報がほしいだろう？」

「それは確かにそうですが」

　不安そうな顔をするメイドさんだが、俺だってここで真偽の確認もしないで「俺に仕えます！」なんて奴は信用できんよ。能力的にもスパイの可能性があるって意味でもな。

　あぁ、あとはあれを心配しているのか？

「不安そうな顔をしているな？　だが、先ほども言ったがどうせ明日になれば分かることだし、特に秘密にするようなことでもないから、これを知ったからといって消されるようなことはないぞ？」

「そ、そうですか！」

　俺がフォローを入れると、メイドさんは目に見えてホッとしたような顔をする。うん、所詮はそれなりの家のお嬢さんでしかないメイドさんが、侯爵に関わる情報なんか入手したって困るわな。あぁ、そうだ。これも伝えておくか。

「ちなみに俺がこうして君を誘うのは、俺にはこの世界の常識がないからだ」

「それは、そうでしょう。ですがそれなら私に拘《こだわ》る必要はないのでは？」

上手い話には裏があると考えているのだろう。俺の事情は理解しているが、本当に準男爵になるなら寄親のローレンから人が遣わされてくるだろうし、その気になればいくらでも探せるだろう？　とでも言いたいんだろうな。それは確かにその通りではあるんだがなぁ。

「もちろん閣下からも人材は送られてくるだろう。新興の準男爵に仕えたいと思う人間もいるだろう。だが、その裏を探るのが面倒だ」

「面倒……ですか？」

メイドさんはそんなことで？　という顔をしてくるが、それこそが重要なことだろうが。

「そうだ。基本的に私はこの世界の人間の繋がりが分からないからね。明日になって私が準男爵になることが知られた場合、私に仕えたいと言ってくる人間が誰の紐付きなのかも分からないんだ。場合によっては、そうとは知らずにローレン閣下とは仲がよろしくない人間を迎え入れることになるかもしれないだろう？　だがその点、今の君はどうだ？」

ローレンが人を出してくるのはいい。というか当然だろう。そして彼はそれなりに信用できる人間を送ってくるだろうが、それはあくまでローレンの配下だ。どう考えても俺よりもローレンを優先するだろうし、本当に日陰に生きる人間ってのは、場合によっては数十年、数代にわたって相手に仕える場合もあるらしいからな。

聞きかじった知識でしかないが、それが本当だった場合、ローレンが送ってきた人間が王家や他国に仕える影である可能性もあるわけだ。そういった連中から教えられる常識には、必ず色が付く。

……考えすぎかもしれんが、そもそも俺たちは異世界から来た特別な存在であるのを考えたら、己の身を護るためにできることはなんでもするべきだろうよ。

このように考えたからこそ、今の段階で王家と実家以外の色が付いていない彼女を勧誘しているんだよ。

◆◇◆◇◆

「……何もありませんね」

エレンにとって神城から問われたことを認めるのは、ある意味で悔しいことである。実際自分に確たる後ろ盾があるならこんな立場にはなっていないし、もしもここでローレン侯爵と縁ができたなら、今後自分に接触してくる貴族がいたとしても、自分はその貴族よりもローレンを頼るだろう。

ここまで考えてエレンは、自分は神城にとって稀少な存在なのだと理解することができた。

ただし、それはエレンに限った話ではない。言ってしまえば、今の段階で神城のことを知らない侍女全員に言えることだ。……今のところ神城にそのつもりはないのだが、エレンはもしも自分がこの提案を断ったなら目の前の男は他の侍女に話を持っていくのではないか？　と考えた。

もしも彼が言っていることが本当だったなら、彼に仕えることでエレンはローレン侯爵の庇護下にある準男爵の下で働くことになる。それは彼女にとって、王城に留まって娼婦の真似事をするよりもよっぽどいいことだ。

ちなみに王国の制度では準男爵という爵位は一代限りの叙爵《じょしゃく》の場合が多いのだが、実際に一代限りで終わるのは相当稀なことである。

なぜかと言うと、そもそも叙爵を受けた人物は、一代限りとは言っても貴族に名を連ねることを許されるだけのナニカを持っている人間であるからだ。

分かりやすいのは商人だろう。この場合、商人が持つナニカは莫大な資金であるのは言うまでもないことである。では、一代限りの貴族となった商人が死んだ場合、その資金がなくなるのか？　という話である。

資金を生み出すのは商人個人ではなく、商人が作り上げた商会だ。その商会がある以上、「父親が死んだから、これからお前はただの商人な」などと言って商人の子供を切り捨てるだろうか？

　答えは否。

　無論、一代で商会を大きくした商人の息子がボンクラで、引き継いだ商会を潰すこともある。しかしそうでない限りは、その商会が生み出す資金をあてにして、子供にも一代の貴族位を継承させるのが常となっている。

　このことを考えれば、現在エレンの目の前にいる男は、一代で、否、一日で貴族に名を連ねることを認められるナニカを持っていることになる。

　そのナニカの内容にもよるが、彼に仕えることで得られるモノは少なくとも娼婦としての給金や、エレンが当初考えていたような薬の横流しなどよりもよっぽど実入りがいいものになるだろうことは想像に難くない。

　ならば、ここは乗るべきだ。そう考えたエレンは一つ決意をして神城に問いかける。

「こちらからもお客様にお尋ねしたいことがあるのですが、よろしいでしょうか？」

「なんだろうか？　答えられることならお答えしよう」

　先ほど自分が言った言葉をそのまま返され、性格は悪いのね、と頭の中で神城に対する評価を一つ書き足すも、そんなことはおくびにも出さずに（神城にはバレバレだったが）聞きたいことを聞くことにした。

「もしも私がお客様に仕えることになった場合の話です。お客様は私にどのような待遇をくださる予定なのでしょうか？」

もしもただの側女扱いであるならば、彼に仕えてもよいことはない。いや、給金をもらえることは確実だし、ローレンという大貴族とも薄いながらも縁ができるのだから、決して得がないわけではないが、それでも待遇がよいのに越したことはないだろう。

「あぁ、なるほど。それは重要なことだな」

そんなエレンの考えを読み取ったのか、神城もまだ就労条件を提示していなかったことに気付いて、頬を掻きながら一度頷いて腹案を述べる。

「こちらの文化をよく理解できていないからはっきり言えないが、取りあえずはメイド長とか筆頭侍女みたいな女官の筆頭のような扱いだね。もちろん給金は相場に多少色を付けることになるだろう」

「筆頭女官……ですか」

それは娼婦もどきの仕事を強要される今の状態と比べて、格段に上の扱いである。

思った以上の好待遇に思わず笑顔を見せそうになるエレンであったが、ここで足元を見られては困る！　と考え直し、なんとか笑顔を見せるのを堪えることに成功した。

……その結果、顰《しか》めっ面になったのはご愛嬌《あいきょう》といったところだろうか。

しかし、そんな彼女の表情を見た神城は（扱いが軽かったか？）と思いながら言葉を紡《つむ》ぐ。

「貴族の令嬢である君には不満があるかもしれないが、今の私にはそれが精一杯でね。ただ、金銭的には苦労させないということは約束しよう」

「い、いえ。立場についての不満はありません。……無論もらえるものはいただきますが」

自分が不満を抱いていると思われていることを自覚したエレンは、むしろそれでお願いします！　と言いたくなる気持ちを抑えながらも、しっかりと自己主張することを忘れなかった。

彼女からすれば、待遇もそうだが後半の金銭的な援助が何よりも大事なことなのだ。

「では？」

「はい。お客様が準男爵に叙せられるということが本当であったなら、お仕え致したいと思います。人事に関してはお客様がなんとかしてくださるのでしょう？」

「無論だ」

現在、接待役の侍女でしかないエレンには、自分の意志で勝手に仕える主を変える権利などない。

だからこそ「ローレンの力を使って自分を引き抜いてくれ」と告げると、神城はそんな彼女に対して苦笑いをしながら、了解の意を示すと同時にエレンの手を軽く握り、彼女を寝台へと導く。

「え、えっと？」

今までそんな素振りを見せなかった神城が急に自分に接触をしてきたことに目をパチクリさせるエレンであったが、神城からすればリクルートに成功した時点でエレンはハニトラや美人局を警戒する相手ではない。ならば何を遠慮することがあろうか。

「ん？　これも君の仕事だろう？」

「……そうでしたね」

そもそもエレンの仕事は神城の付き人であり、その職務の中には夜の世話も含まれていることは事実だし、神城とて一度も「自分とシない」などとは言っていない。

そのことを思い出し、得心がいったエレンは神城に身を寄せながら、小さく呟いた。

「あの、さ、先ほども言いましたが」

「うん？」

「わ、私、夜伽《よとぎ》は、初めてですので……あの、何卒よろしくお願いします……ご主人様」

先ほどは『仕事』と割り切ったうえで勢いに任せて済ませようとしていたのだが、いざするとなると気恥ずかしさが前に出てしまったようで、エレンは耳まで真っ赤になっていた。

「……善処する」

クールなリアルメイドさんからそんな態度を取られた神城は、なんとかその一言だけを絞り

出すことに成功するも……善処は所詮善処でしかなかったとだけ明記しておこう。

翌朝、同僚の侍女たちが集まって、「痛かった」とか「早かった」だとか「勢いだけね」などという声が上がる中、同僚に「そっちはどうだった？」と尋ねられたエレンは、やや疲れが見える表情でただ一言、「すごかった」と答えたという。

◆◇◆◇◆

お客様こと神城と、メイドさんことエレンが激しい夜戦を繰り広げていた頃のこと。

思わぬ拾い物をしたことにテンションが上がっていたラインハルトは、早速他者からの横槍が入らぬようにするための根回しを行っていた。

とは言っても、現役の軍務大臣であり、侯爵家の当主であるラインハルトに対して横槍を入れることのできる人間は限られている。

「よもや彼の国にも王と貴族がいようとはな……」

「……こちらも確認を取りましたところ、確かに向こうには天皇陛下と呼ばれる王と、総理大臣と呼ばれる宰相がいるとのことでした。さらには向こうの国では貴族のことを公家？　と呼ぶらしいですな」

ラインハルトからの火急の報せがあると言うので急遽《きゅうきょ》謁見を許可した王と、その報告の場に同席していた宰相は揃って頭を抱えていた。

(気持ちは分かる)

彼の前で頭を抱えているこの2人こそ、王国内で彼の決定に横槍を入れることができる数少ない存在であった。

故にラインハルトは内密に話を進めるのではなく、しっかりと告知をしたうえで神城を確保しようとしていた。その方がのちのち自分にとっても有益だと判断したからだ。

「彼が言うことは一々最もでございました。私が思うに、もしも我らが彼の国の立場であったなら、報復の有無は別としても最低でも抗議の使者を送ります」

「それはそうだろう。余とてそうするわ」

ラインハルトがそう言えば、王も「当然だ」と言わんばかりに頷いた。

抗議も報復も国家として最低限行うべき事柄である。むしろそうしなければ国が国として成り立たない。王が、国家が民《貴族》を護らずして、どうして民《貴族》が王に従うと言うのか。

基本的に封建制度における王と貴族の関係は、御恩(給金や土地の貸与)に対する奉公(職務の遂行)をする関係だ。そしてその御恩の中には外敵からの保護というものがある。

これができないようならば、貴族たちは国家を見限り、自身を護ってくれる国家に鞍替えすることは常識である。そしてそれは、封建制の国家に限ったことではない。

平和ボケ国家と言われて久しい神城たちが住んでいた日本でも、国家による学生の集団誘拐事件が発覚したならば、必ずや抗議するし、場合によっては特殊部隊の派遣や同盟国も巻き込んで制裁を行うだろう。

問題は相手が異世界の国家であるということだが、だからと言って、向こうが報復を諦めると楽観できる理由もない。

なぜなら神城がラインハルトに語ったように「こちらから呼べたなら向こうからだって来られる」という理屈は、王や宰相にも簡単に理解できるものであったからだ。

「確かに仰せの通りでございます。しかし、だからこそ、その、神城殿、でしたか？　彼からの提案はありがたいですな」

このような事情があるからこそ、早急に解決策を用意しなくてはならない。ただでさえ魔王が率いる魔物や他の国と鎬《しのぎ》を削っている中で、異世界の国家とことを構えるなど自殺行為以外の何者でもない。

向こうにどれだけの戦力があるかは分かっていないが、少なくとも向こうは勇者の出身地である。他にも希少価値が高い戦闘職もいるだろう。そんな相手をこのまま無視した結果、向こうが自分たちを敵とみなしたならどうなる？

敵性国家とみなされ軍を派遣されるのは確実だし、他国に勇者を送り込んで包囲網を敷いてきたり、こちらが召喚した勇者たちを寝返らせ、内外から攻め込まれたらどうなるだろうか？

……最悪のケースを想定させる事態を引き起こした召喚の担当者連中に対する罰は後回しにするにしても、王や宰相にはその最悪に到らぬような対策を練る必要があるのだ。

（自分たちに非がある以上は大幅な譲歩もやむなし）

王はこのように考えた。しかしながら、ラインハルトからの話を聞いてその譲歩が思った以上に軽くなりそうだと分かったことが、彼らにとって唯一の救いであった。

「そうよな。しかしローレン卿、真に向こうは一代限りの準男爵でよいと申したのか？」

普通ならこちらの弱味を利用して、もっと高位の、最低でも子に爵位を継がせることができるようにするのではないか？

そう問いかける王に対し、ラインハルトはあっさりとした返事をする。

「はっ。彼は己の立場をよく理解しております。また私の立場も理解しているのでしょう」

「卿の立場とな？」

「……あぁ、なるほど」

「宰相？」

王が不思議そうに首を傾げれば、宰相は一つ頷き、ラインハルトの言葉を補足する。

「陛下、確かに男爵家相当の家の嫡男を貴族に叙するならば、準男爵が順当ではあります。それに準男爵であればローレン卿の権限で即日の任命も可能。彼はそう判断したのでしょう」

「私もそう思います」

宰相の言葉にローレンも同意する。

「むう……己の分際を弁えておるのは確かなようだな」

「はっ。故にまずは彼の要望通り、彼を準男爵とし、我が侯爵家の食客として招き入れます。それから少ししたら男爵に推薦いたしますので、陛下から承諾をいただければよろしいかと」

ここでラインハルトは「最初は自分が恩を売り、それから王家が恩を売る形にしてはどうか？」という提案をした。

「ふむ。いざという時の外交官が準男爵では、王国の品格が疑われるな……よかろう。其奴《そやつ》を男爵に叙する分には構わぬ。しかしそもそもの疑問なのだが、なぜ彼は余ではなく卿に庇護を求めたのだ？」

「ありがとうございます。それと、彼が陛下への庇護を求めなかったのは、おそらくですが勇者殿らに配慮したのではないかと」

「「あぁ」」

ラインハルトの言葉に王と宰相が揃って納得の声を上げる。

晩餐会で国王自らが側に置き、歓待した勇者でさえ、今は何の功績もないただの子供であり、さらに言えば現時点での彼らは王国に都合のいい戦奴隷という扱いでしかないのだ。

そんな彼らには、現時点では爵位を与える気がない（働きによっては一代限りの爵位や、高位貴族の分家の当主にはなれるだろうが）のに、薬師でしかない神城に爵位を与えたら、連中が身の程も弁えずに「自分にも爵位をくれ！」と騒ぐのは目に見えている。

それを防ぐために、晩餐会で王や宰相の側ではなく、壁の華となっていたラインハルトに声をかけたのだろう。

そしてラインハルトが彼を保護すると申し出てきたのは、単純にラインハルトが頼まれたからだ、ということも理解できた。

他国の貴族である神城に正面から保護を依頼された以上、王国を代表する貴族としてたらい回しにするような真似はできないし、少なくとも神城を保護することで、ローレン侯爵家は現在王家としか繋がりを持たない転生者との伝手も得られるという寸法だ。

「……召喚された初日からそこまで冷静に状況を判断できると言うならば、やはり神城とやらはただの子供ではないな」

他の少年とはひと味違う。王はそう評価を下した。

……これは神城が肉体的に若返っていることと、もともと日本人は若く見られがちなので、神城の中身がオッサンであることを知らない王の勘違いである。

「然《しか》り。他の者たちが晩餐会という場に呑まれている中、成すべき事を成し、足らぬを知りながらも驕《おご》らずに地に足をつけて歩む。その姿勢はまさしく貴族に相応《ふさわ》しい教育を受けた証かと存じます」

やはり幼少時からの育て方の違いだろう。王の評価に対して宰相はそう補強して、神城の評価を上げる。

……これももともと女神から簡単な説明を受けていたことや、社会人として『立場＝責任＝仕事』という負のスパイラルを理解している神城が、面倒事を嫌ったがために微妙なポジションを狙ったことを知らない宰相の勘違いである。

まぁ、『己の分際を知り、過剰な欲を持たない』というのは貴族にとって最低限必要な素養の一つであることは事実なので、その意味では神城に適性がないというわけではないため、彼らの勘違いは当分糺《ただ》されることはないだろうと思われる。

「そうよな。それでは正式にその神城を準男爵とすることを認めよう。ローレン卿には迷惑をかけるが……」

予想される各種面倒事を避けるために、勇者一行と距離を置かせる。さらに『他国から貴族を拐った』という情報をこれ以上拡散させることがないよう、侯爵家に隔離する。

これが今回の件において王が下した決断であった。このような決定が下ったのは、神城の職業が薬師という普通の生産職であったからだ。

無論、国家としては応用の効く生産職を持った生徒たちを無下《むげ》に扱う気はない。しかしながら、現在王国が欲しているのは即戦力になりそうな戦闘職や、ネームバリューがある上級職を持った者たちだ。

故に、もしも神城が勇者や剣聖といった希少価値が高い職業であったならば、このようにあっさりと神城をラインハルトに預けるという決断はしなかっただろう。

……ちなみに、現時点で王が最も注目しているのは、勇者、聖女、賢者、剣聖、そしてクレーン技師の5名である。

特にクレーン技師は王も宰相も初めて聞く職業であることに加え、他の召喚者たちですら（勇者の少年でさえも）、一目も二目も置いたような態度を取っていたので、王国の人間は（一体どのような職業なのか？）と期待をしていたのだ。

実のところ、今時の高校生にとっては異世界でよくある勇者よりも関係者以外立入禁止の作業現場で働くクレーン技師の方が珍しいものだし、そもそも「異世界でクレーンって何だ？」という疑問があったからこその態度であるのだが、さすがに国王たちにそれを察しろと言うのは酷な話であろう。

そんな拉致《らち》加害者たちの勘違いはさておき、重要なのは王が神城に対する処遇を決め、それをラインハルトに伝えた、ということだ。

「いえ、これも王家のためにございますれば」

「うむ。いずれ卿にはなんらかの形で補填をさせてもらおう」

「ありがたきお言葉に感謝致します（よし！）」

こうして神城は、王家公認でローレン侯爵家預かりとなることが決定した。

翌日、このことを監督役から知らされた一人の貴族令嬢が、自分が騙されたわけではなかったことを知ってガッツポーズをしたらしいが、それはまた別のお話である。

5章　貴族としての生活

　異世界に召喚されて一夜明けた日の朝、目覚めると同時に昨夜の夜戦を思い出したのか、顔を真っ赤にしたエレンが急いで服を着て部屋から立ち去ったあと、神城の下にローレン侯爵から「朝食を共にしないか？」という口実で呼び出しが入ると、その呼び出しを受けた神城は、部屋に備え付けられていた簡易なシャワーを使って簡単な身だしなみを調えたあと、侯爵に指定された部屋へと訪れた。

「閣下、お待たせして申しわけございません」

「いや、卿《けい》の立場を考えれば、朝からこうして呼び出すのは不躾であったと反省していたところだ。こちらの不調法を許されよ」

「……恐れ入ります」

　ラインハルトから見れば神城は、突如として異世界から召喚されたばかりの人間だ。さらに言えば、王家から付けられた侍女との夜戦のあとだろうから、最低限の身嗜みを調えるのに時間がかかるのも当然の話である。

　それを理解しているので、自らを待たせたことを咎めるつもりはなかった。

……女の匂いを漂わせたまま侯爵である自分との会談の場に現れるようなアホなら、最初から相手になどしない、という思いもある。

そんな彼の思いを察した神城も、特にこの話題に対して深入りすることなくラインハルトからの謝罪を受け入れた。

言ってしまえば社交辞令の応酬ではあるが、こういったものは話の内容ではなく「互いに最低限相手を尊重する」という意思を見せることが重要なので、無駄な話と言って切り捨ててはいけない。

社交辞令のいろはについてはともかくとして。ラインハルトは朝食を食べながら神城を呼び出した理由を話し始めた。

「昨晩陛下とも話し合って、私が卿を保護することが正式に決定した」

「それはそれは。ありがとうございます」

「お互いに利益があることだからな。さらに陛下から、卿を近いうちに男爵に叙するというお言葉を賜ることができた。これは宰相も認めたことなので、決定事項でもある」

「……男爵に、ですか?」

「そうだ。なぜか分かるかね？」

急に告げられた陞爵《しょうしゃく》の報告に、喜ぶよりも位討ちを警戒して訝しげな顔を浮かべる神城。しかし、少し考えてすぐにその答えに辿り着く。

「……外交を任せるには準男爵では貫目《かんめ》が足りぬ、とお考えでしょうか？」

「ふむ。流石に理解が早いな」

「恐れ入ります」

微妙な褒め言葉を受けてペコリと頭を下げる神城に対し、ラインハルトは「そこまで分かっているなら話が早い」と頷いてもう一つの意図を明かす。

「付け加えるなら、私だけでなく王家にも恩を感じるように、ということだな」

「……なるほど」

正面から言われて、神城は王家の抜け目のなさを理解した。政治闘争に明け暮れる貴族は、貸しを作る機会を見逃すことはない、ということだ。

「こちらの意図を理解してもらったところで、卿の待遇の話をさせていただこう」

「はっ。よろしくお願いいたします」

「まず卿には王家より法衣子爵の中でも上位の者と同等の給金が支払われる。まあこれは外交官としての給金も加味した結果だな」

「それはそれは、ありがたく頂戴いたします」

実際神城にはそれがどれだけの金額になるかは分からなかったが、これに関しては国としての見栄であり、恩を売る行為であると考えたので遠慮や辞退をしようとは思わなかった。

そんな神城の態度を見たラインハルトは、きちんと王家の意図を理解していることに満足げに頷き、言葉を紡ぐ。

「うむ。さらに我が侯爵家からも、同等の金額を出させてもらう」

「……よろしいので？」

ただでさえ上位の子爵に相当する金をもらっているのに、さらに倍？　流石にもらいすぎじゃないか？　と高い給料に付随する責任や職務に警戒する神城に対して、ラインハルトは朗らかに笑いかけた。

「なに、王都の法衣子爵程度の給金であれば問題はないよ。それに、卿が提案した常備薬の構想ではそれ以上の利益を見込めるからな。さらに言うなら卿は我がローレン侯爵家の食客だ。そのくらいはしないと私の立場がない」

「あぁ、なるほど。そういうわけでしたら、ありがたく頂戴いたします」

神城としては、自分が正式に準男爵となれた時点で最低限の身分保証はされているし、金銭に関しても侯爵の食客となったうえに常備薬システムの恩恵や自身の職業もあるので、それほど深くは考えていなかった部分がある。それに必要最低限は支払われるという確信があった。

しかし、王国としてはそうも言っていられない事情がある。

それと言うのも、神城は国家として正式に爵位を与えることを認めた相手であり、さらに外交官（この場合は駐在大使に近い）としての役割を持たせることになる人間だ。

そんな立場の人間に最低限の給金しか支払わなかった場合、もしも日本との交渉の際に「給金？　まともにもらっていませんね」などと口に出されては、国家としての威厳も尊厳もあったものではない。

そのため、王国は最低でも他者に話されても問題がない程度の給金を支払う必要があるのだ。

加えて神城は正式なローレン侯爵家の食客でもある。

故に、神城に対して国は外交官として男爵相当の給金を支払い、残りの部分（口止めや懐柔を含めた諸経費）をローレン侯爵家から支払われることで話は決まっていた。

……侯爵家の場合は常備薬システムによる利益の一部を回す予定なので、ローレン侯爵家の懐《ふところ》は一切痛まないというのは神城とラインハルトだけが知ることである。

「具体的な数字を言えば、卿には現時点で年間２０００万シェンの給金が支払われることが確定している」

「…………」

「ん、どうした？　これでは不足かな？」

これまで打てば響くように返事をしてきた神城がなんとも言えない表情で黙り込んだことを

受け、ラインハルトは何か問題があったか？　と疑問を抱くが、その疑問は続く神城の言葉ですぐに解消されることになる。

「いえ、不足もなにも、私はまだこの国の通貨制度すら理解できておりません。具体的な数字を挙げられてもなんと反応していいのか……」

流石の神城も初めての夜戦を経験したエレンに対して、夜戦の最中や戦のあとのまったりとした時間に金の話をするような真似はできないし、しようとも思わなかった。

そのため神城はいまだに物価や平均年収などの知識もなかったし、なんなら通貨の単位が『シェン』であることも初めて知ったので、ここでラインハルトから「君の年棒は２０００万シェンだ！」とドヤ顔で言われても、リアクションが取れなかったというだけの話である。

「おぉ、それもそうであったな！　これはうっかりしておったわ」

「お恥ずかしい限りです」

「いやいや、それは恥じることではない。むしろ当然のことよ。……やはり知っていることが常識であるという思い込みは擦《す》れ違いを生じさせるな」

「誠に。これからも同様のご迷惑をおかけすることになるかもしれませんが、何卒ご容赦をいただけるようお願いいたします」

「うむ。ま、その常識の違いが常備薬という構想を生むのだから、一概に悪いものでもあるまいよ。……だからと言って貴国の常識を我らに押し付けられても困るがな」

（これはつまり、民主主義の普及や階級制度に口を挟むな、ということだろうな）

ラインハルトの口調からそういった感情を読み取った神城は、頭を下げながら了解の意を示した。

「無論、我が国には『郷に入りては郷に従え』という言葉があります。貴国にお世話になる以上、貴国の常識を尊重するのは当然のことでございます」

「うむ。それが分かっておればよい」

ハハハと笑うラインハルトを見て、神城は「やはり常識の擦り合わせは重要だ」と考えていた。さしあたって気にするべきなのは金銭に関してだろう。

侯爵と庶民の価値観はまるで違うだろうが、貴族として生きるなら貴族の価値観を学ぶ必要がある。そう結論付けた神城は、できる限りの情報を引き出すためにラインハルトとの会話を続けるのであった。

◆◇◆◇◆

いきなりでなんだが、なんやかんやで侯爵から聞き出したこの国の金に関する常識について説明しよう。

まず王国における通貨の単位は『シェン』である。

1シェンは1シェン銅貨1枚。銅貨は5シェンの中銅貨と10シェンの大銅貨がある。

次いで100シェンで銀貨1枚。100シェン玉だな。次に500シェンの中銀貨と1000シェンの大銀貨がある。それから1万シェンで金貨1枚。そして5万シェンの中金貨と10万シェンの大金貨。

最後が、100万シェンの白金貨。まぁプラチナだ。これ以上の硬貨はないらしい。あと偽造防止のためにいくつかの仕掛けがあるらしいが、そこまでは教えてもらえなかった。

それから王都の役人の場合、男爵なら年収はだいたい400万～600万シェン。貴族ではない一般家庭の場合、だいたい年収50万～100万シェンなんだとか。

物価としては、一般的なパンの値段が1つ20シェン前後らしいので、俺的な価値観だと物価は日本の5分の1くらいと思われる。

つまり一般人の年収である50万～100万シェンというのは、日本円で考えればだいたい250万～500万円くらいだと思っていいのではないだろうか。

最初それを聞いた俺は、男爵の給料が高すぎではないかと思ったのだが、なんでも男爵家のような貴族は雇用の義務があり、使用人を最低2人は雇う必要があるらしい。そのため彼らの給料にはそいつらへの給料も含まれているそうだ。

そして使用人とはいえ貴族に仕える身なので、当然支払うべき給料の相場は高く、最低でも100万シェンを支払うことが法で決まっているんだと。つまり年収400万シェンの男爵家の場合、手取りは最大でも200万シェンとなる。

それでも年収1000万円と考えればかなりのエリートなのだが、貴族は調度品や社交費用に金がかかるらしく、普通に暮らす分には問題ないのだが、決して余裕があるわけではなく、一般庶民が想像するようなきらびやかな生活を送れるわけではないらしい。

あと各国の通貨や相場はそれぞれ違うが、だいたい同じような貨幣システムを採用しているらしいな。これはおそらく異世界から召喚されてきた連中の影響を受けているのだろう。

金の話をしたからついでに解説をするが、金融的な錬金術と呼ばれた銀行システムは既にこの世界にもあり、通帳やカードのようなものもあるんだとか。

この銀行はほとんどが国営で、同盟国の銀行と提携しているため、各国で互換性もあるらしい。これは対魔王軍用に物資や経済支援を行うために必要な措置だったんだと思う。

それと通信技術に関しては無線から電報、有線電話のシステムがあるらしいが、携帯電話はない。また、有線電話はあくまで同一の都市内だけに限られており、都市間の連絡は魔法を使った無線のようなものが一般的だ。

なんで都市間に有線式の電話線がないのかと言うと、これは単純な話で、都市外に電話線を張っても山間部などで魔物に破壊されるからだそうだ。

……まぁ、日本でも鳥とかリスとかにやられる時があるからな。魔物がいる世界なら、なおさらだろう。常に見張るのも不可能だろうしな。

あと、自動車や電車はなくて移動手段は高品質な馬車が主流だそうだ。電車がない理由はやはり線路だろう。電話線と同じで魔物に破壊されたり、盗まれたりするんだと思う。

自動車については、原動機がネックなのだと思われる。今まで召喚された人間は必ずと言っていいほど自動車を造ろうとしたらしいが、蒸気機関から内燃機関を造ろうとするとなぜか必ず失敗するうえに、ならばと魔力を利用したバッテリーのようなものを製造しても必ず失敗するので断念するのが常なんだとか。

逆に言えば、絶えず車輪を動かし続けることができる膨大な魔力の持ち主を搭載すればできないことはないのだが、そんな素質がある人間が自分を部品扱いされて楽しいはずもない。さらに交代要員やら何やらの手配を考えると、どうしても非現実的な発想になってしまうからな。

この話を聞いた時は、クレーン技師の少年を心配してしまったが、それは俺が心配することでもないので放置しておく。考えるべきは失敗の原因だ。

正直、俺もエンジンのことなんか詳しくはないし、経過を見たわけでもないのでなんとも言えないのだが、おそらくこの世界の神が関わっているのではないかと思っている。……あくまで漠然とした予想だけどな。

まぁ今のところそっちに手を出して自分の仕事を増やす気はないので、自動車は放置。俺にとって重要なのは俺の年収が1億円相当あることと、使用人を雇う必要があると分かったことだ。

そうこうして技術や金についての知識を得た俺は、早速侯爵に一つ要求をすることにした。

「では閣下。早速で申しわけないのですが……」

「む？　何かね？」

「人を雇うにしても私には伝手がありません。そのためどなたか紹介していただくことは可能でしょうか？」

俺が申しわけなさそうに告げると、侯爵の表情は訝しげなものから一転し、笑顔で「心配はいらん」と告げてくる。

「そのことか。もちろん当家から信用の置ける者を紹介させていただこう」

「ありがとうございます！」

「いやなに、当たり前のことだからな」

そう。いろんな事情が重なった今となっては、侯爵にしてみれば俺に死なれては困るし、下手に他の貴族に接触されないようにするため監視役を付ける必要があるということは分かっている。だからこそ俺は侯爵が言い出す前に、自分から「その護衛兼監視役を受け入れる」と明言したのだ。

これにより向こうは手間が省けたことになるので、俺からの要望を断ることはないと思っていたのだが、予想通り話が進んで何よりである。

「ふむ。ついでだ。何か入り用なものがあるなら聞くが？」

「……よろしいのですか？」

「あぁ。遠慮はいらんぞ？　卿の立場を固めるのも私の仕事だし、何よりあとから追加されるよりも今のうちに言われた方がこちらも楽だからな」

……ずいぶんとぶっちゃけてくるが、事実だろうから俺から特に言うことはないな。いや、せっかくだからこの流れを利用させてもらおうか。

「では遠慮なく。まずは侍女として雇い入れたい者がおりまして」

「ん？　卿に知り合いが……あぁ、そういうことか」

――俺にはこの世界に知り合いなんていないはずなのに、雇い入れたい人間とは誰だ？　と思ったのであろうが、少し考えたらすぐにその答えに辿り着くことができたようだ。

「気に入ったか？」

「はい。それにあの娘は王家から斡旋された形となりますので」

「ほほぅ。確かに王家への配慮も必要よな」

最初は「お前も男だもんなぁ」と言わんばかりに怪しい笑みを向けてきた侯爵も、俺が王家に対して言及すると納得したような顔をして頷いた。

そうなんだよ。外交官としての給料をもらう以上、俺は形式上であっても王家に仕える立場になったんだ。そして王家に仕える以上は侯爵の紐付きだけを周囲に置くのはよろしくない。

そこでメイドさんことエレンの出番となる。

彼女は派閥とかそう言ったものとは関係ない存在だし、何より『王家が準備し、王家に斡旋された人間』である。つまり彼女を身近に置くことは『彼女を斡旋してくれた王家に対する感謝の証』と言いきることができるだろう。

まぁ王家としてはもっとしっかりとした楔《くさび》を打ち込みたいだろうが、既に自分たちが用意した女を気に入って側に置いた以上、新たな人間を派遣する口実がない。もしもそういうのを無視して人材の派遣を無理強いすれば、俺の気分を害するだけではなく、侯爵の顔も潰すことになるからな。

さらに言えば、侯爵も俺たち生産職に付けられた侍女には、派閥の色がないことは知っている。彼が俺を抱え込むことが決まっている以上、俺の周りにはできるだけ他の貴族の影響を受けていない者が望ましいと思っているだろう。

それらを加味すれば、侯爵にとってもエレンという女は都合がいいと考えてもおかしくない。そう思ってこのタイミングで彼女を雇い入れることを提案したんだが、どうやらこちらも問題はないようだな。

「よかろう。卿が望むなら、その侍女を雇い入れるとよい。陛下と担当には私から話をしよう」

「ありがとうございます」

……些細なことでもしっかり恩に着せてくるところが貴族だよな。いや、抜け目がない上司でよかったと考えよう。

エレンへの意思の確認がないのが気になるが、まぁ彼女の立場では侯爵や王家からの命令に逆らえんから、聞くまでもないのだろうな。それに既に彼女からの承諾を得ているから、ここで相手の意思の確認がどうこう騒いで、無駄にことを荒立てる必要もあるまいよ。

ついさっき『郷に入った以上は郷に従う』と言ったばかりだしな。

「で、残りは何かあるかね？」

残り、残りなぁ。あぁそうだ。

「そうですね、私の住まいはどうなるのでしょうか？」

これも気になるところだ。ずっと王城に住むわけにもいかんだろう？　普通に考えれば適当な家か侯爵の家に移り住むことになると思うんだが？

「あぁ、それもあったな。それについては……」

「なるほど、では……」

「うむ。では、しばらくはそのような形で頼む」

「はっ！　かしこまりました！」

　こうして朝食と共にさまざまな打ち合わせを行った神城は、晴れて住まいと職（メイド付き）を手に入れ、異世界での生活基盤を確固たるものにすることに成功したのであった。

◆◇◆◇◆

「やぁ。おはようエレン」

「おかえりなさいませ……ご主人様」

　侯爵との会談を終え、部屋に戻った俺を待っていたのは俺付きのメイドさんこと、エレンだ。

　さりげなく、かつ恥ずかしそうにご主人様呼びしてくるところが男心をくすぐってくる。

　思わず某怪盗のように飛びつくところだったが、昨日の今日で無理をさせるわけにはいかんと思い、自制心を働かせてなんとか頭を撫でるだけに留めることに成功した。

自分の精神力を褒めながら、俺はエレンに語りかける。

「取りあえず立ったままはキツいだろ？　別に誰も見てないんだから、座って休むといい」

「は、はい。ではお言葉に甘えさせていただきます……」

ある意味セクハラ発言だが、このくらいは勘弁してくれ。そう思いながらソファーへと誘うと、向こうは向こうでやはりキツかったのか、遠慮することなくソファーに腰かける。俺の隣に。それも寄り添うように。

……自然な形で破壊力抜群の仕草をしてくるエレンに、俺の理性が限界を突破してしまうところであったが、彼女が望んでいるのはまったりとした空気と接触であることを理解している（つもりの）俺は、再度己の中で暴れ狂うナニカを抑える！

覚えたての猿じゃねぇんだ！　衝動は理性で抑え込め！　思い描くのは最強のお局《つぼね》っ！

思い出せ、あのデフォルト厚化粧を。

思い出せ、あのしつこくネチネチと嫌味を言われた日々を！

思い出せ、あのお局に目を付けられた若手の末路を！

思い出せ、「合コンに行くから」と言って早退した時のあの顔をっ！

思い出せ、次の日遅刻してきたお局の酒臭さと、ニタァと思い出し笑いをした時の醜悪極まりない、あの、いろいろと崩れた顔をっ！

……ふぅ。

いろいろ思い出すことで無事に迸る熱いナニカを抑えることに成功した俺は、寄りかかるエレンの頭を優しく撫でるだけに留めることに成功した。

……あのお局様め。糞の役にも立たんと思っていたが、まさかこんなところで役に立つとは。まったく、世の中何が救いになるか分からんな。そう思いながら、若返ったせいかいつもより元気な自分に嬉しいやら悲しいやら。

何か微妙な気分になりながらも、エレンと共に傍から見たらピンクな空間を形成すること数分。エレンも少し落ち着いたのか俺に預けていた体を、すっと離して俺に向き直る。

「それで、ご主人様？」

「ん？」

「監督官様から、ご主人様が正式に準男爵になられることは聞きました。お約束通りご主人様にお仕えしたいと思うのですが、その……」

なにやら言いづらそうにしているが、これはあれだな。引き抜きが成功したかどうかや、待遇についての話だろう。そう判断した俺は敢えて軽い口調で話しかけた。

「そうか。こちらも今朝ローレン侯爵閣下にエレンの引き抜きを願い出たところでな。もしもエレンから嫌だと言われていたら面目丸潰れだったな」

「そ、そうですか！　……よかった」

「ど、どうした、急に？」

ハハハと笑う俺に、エレンが抱きついてくる。一体何があったのやら？

「い、いえ。他の侍女たちから話を聞いたのですが、みんな『痛かった』とかしか言わなかったり、人によっては『反応が面白くないから他の人にしてくれ』って言われたりしていたらしいので、もしかしたらご主人様も……と不安を覚えておりまして」

「お、おぉう」

学生諸君の反応を聞いてつい変な声を上げてしまったが、それも仕方ないだろ？

ま、まぁなんだかんだ言っても、向こうは高校生だからな。女性の反応に夢を見てるところもあるだろうし、自分は被害者で特別な存在だからって調子に乗ってるところもあるのだと思われるので、そういうのも仕方ないかなぁと思ったり思わなかったり……。いや、別に俺がフォローする必要はないか。

「それで、もしかしたら昨夜の私がご主人様に嫌われるような態度を取っていて『気に入らない』と思われて担当を外されたりするのも怖かったですし。担当を外されたあとでそんな人の担当にされるのも怖かったです。それに……」

「それに？」

「監督官様からも、『国王陛下とローレン閣下に特に認められて準男爵となったお客様に無礼があったら、ただではすまない』と言われておりまして」

「あぁ。なるほど」

実際に俺の立場はかなり特殊だからな。

下手をしたらエレンの実家や監督官様とやらにも何かしら飛び火する可能性がないわけじゃないのも事実ではある。そんでもって、エレンはエレンで初めてだったからいろいろと不安になったわけだ。

ん～、しかしこれまた微妙だな。この場合は脅しという意味もあるが、周囲からの嫉妬を防ぐためとも考えられるんだよな。敢えて厳しいことを言うことでエレンを守ったと見るべきだろうか？　でもなぁ。

結局まだ会ったこともない人間への評価は下せないと判断した俺は、まずは腕の中で震えるエレンに優しく接することにした。

「さっきも言ったが、侯爵閣下に頼み込むくらいはエレンのことを気に入っている。昨夜の態度も、好意を抱くことはあってても嫌うことはないよ」

「……ご主人様……ンっ」

向こうにいたら絶対に言えないような歯が浮くセリフを、内心のむず痒《がゆ》さをこらえて言えば、その言葉に感動したのか、エレンはウルウルした目で俺を見てきた。

……流石に我慢できずにキスしたのは悪くないと思う。というか、ここは男としてキスするべきところだったと断言しよう。

そのままエレンが落ち着くまで頭や背中を撫でること数分。俺の理性が限界を迎える前になんとかエレンが落ち着いたので、取りあえず話すべきことを話すことにした。

「それで、だ。君の待遇について話そうか」

「は、はい」

「取りあえず給金は初任給で年２００万シェンを予定している」

「に、２００万シェンですか？」

通常男爵家の使用人を雇う際の相場は最低１００万シェンらしいし、こうして身売りするような状況なら実家への仕送りも必要だろうと多めに渡すことにしたんだが、どうも俺が考えている以上に驚いているな？　もしかして俺の価値観と相場が違うのか？

◆◇◆◇◆

だいたいの物価などを鑑みて金銭的な価値観を日本の5分の1で計算している神城は、経済的に困窮しているであろうエレンに対して最大限の恩を売るために、相場の倍額である年収1000万円を提示したつもりであった。

これが、もしも大貴族の家で数人の使用人を統べる執事や侍女長のような立場なら、この金額でも多すぎるということはない。

しかし、エレンはまだ17歳になったばかりの少女である。

加えて侍女としては未熟も未熟。事実この王城での勤めでも教育実習生のような扱いであり、その給料は年10万シェンである（衣食住の保証あり）。

それに通常は年収300万シェン前後しかない準男爵が、1人しかいない侍女に200万シェンを支払うなどありえないことであった。

もともとエレンとてもらえるものはもらうつもりであったが、そのせいで神城の身代が傾き、家が取り潰されては意味がない。さらに社交界などで『客人に家を潰させた女』として自分の悪評が広まってしまえば、自分の立場だけでなく、兄や妹の立場まで悪くなってしまう。

そういった事情から、考え直せ！　と迫るエレンに、神城は笑ってこう答えた。

「安心しろ。俺の年収は2000万シェンだ。もちろん全額を人件費に使うつもりはない」

「なん……ですって？」

本当ならば神城はここで『俺の年収は５３００万だ』と言ってみたかったのだが、流石にここでふざけるのはまじめに自分を心配してくれているエレンに対して不誠実だと考え、正直に自分の年収を告げることにした。

「ついでに言えば、既に男爵への陞爵も決まっているらしい。時期はまだ不明だが、ローレン侯爵閣下が国王陛下とお話ししたことらしいから、これも確定情報だな」

「ご、ご主人様が男爵に陞爵⁉」

ちなみにエレンの実家は男爵家であるが、その収入は、父親が生きていた時に父の稼ぎが年４００万シェンで兄の稼ぎが１００万シェンの合計５００万シェンであり、これに使用人が２人いたのでマイナス２００万シェンして、残る手取りが３００万シェンであった。

それが今では、父が死んだため、働き手は男爵になった兄のみとなり、その収入が４００万シェンだけとなっていたので、使用人の分を差し引けば２００万シェンにしかならない。

この中で借金返済のために売り払った調度品を買ったり（客人が来た時に無様を晒《さら》せない）、エレンと妹の分のドレスを買ったり（少しでもいいところに嫁いでもらわないと詰む）していたので、エレンが身売りして借金の返済の必要がなくなった（実際はまだ少し残っているので、その分も返済中）今でも彼女の実家の生活は本当にカツカツなのだ。

そんな中、侍女として未熟なエレンに対して２００万シェンの賃金を支払うと言ってくれる貴族がどこにいると言うのか。しかもその人は国王陛下からも覚えがよく、侯爵閣下の食客にして寄子として庇護される存在なのだ！

今日も優しくしてくれたことや、昨夜はいろいろすごかったことも含めて考えれば、これほどの物件は他にはいない！　純粋な恋心と各種打算が入り混じった結果、エレンは「絶対に離さない！』とばかりに神城にしがみつく。

そしてしがみつかれた神城は神城で、これまで短時間で2回我慢していたことやさっきまでの桃色な空気もあり、もはや我慢の限界を迎えていた。

「……エレン」

「はい。ご主人様」

そのあと、2人は昼食も忘れて盛りに盛ることになる。その激しさはエレンが定時連絡のために顔を見せないことを訝しんだ監督役が神城に用意された部屋の前に来た際に、遠い目をしながら「これが若さか」と呟くほどであったという。

ちなみにその報告を受けたラインハルトは「彼にも人間味があったか」と、まんざらでもない表情をしたとかしなかったとか。

……こうして神城の異世界生活2日目は過ぎ去っていったのだった。

◆◇◆◇◆

――エレンとの共同作業によって自分の耐久限界を知ることができた、いや、正確には限界を知ることはできなかったが、自分の体がただ若返っただけじゃないことを確認した次の日の朝のこと。

いろいろなマッサージの影響か、いまだに足腰がガクガクしていたエレンと一緒に引越しの準備（俺の持ち物は王家からもらったこの世界の衣類数着しかないので、主にエレンのための準備）を終わらせた俺たちは、王城から移動するため、侯爵が用意した馬車が待機している場所に辿り着いた。

「お待たせしてしまいましたか？」

指示された場所で待っていた馬車の近くにいた人に声をかけると、見た目40代くらいの男性が背筋を伸ばして俺に頭を下げてくる。

「いえ、予定時間よりも早いですので、お待ちはしておりませんよ」

う～む。確かに俺が来たのは予定より早いが、それよりも早く待機しているところに一流の従者としてのプライドを感じるな。

実際、俺とエレンが侯爵から指定された馬車に辿り着いたのは、予定の30分前だ。そんな大幅に時間前であるにもかかわらず男性や馬に慌てた様子はない。つまりこの男性は最低でも40分以上前から待機していたことになるわけだ。

（もしかして貴族に仕える人たちって1時間前行動が当たり前なのか？）

当たり前にブラックな環境にいる従者に対して、内心で（従者を雇ったら優しくしてやろう）と心に決めた俺は、取りあえず彼が用意してくれた馬車に乗ることにした。

「エレン、大丈夫か？」

「は、はい。だ、大丈夫です！」

「はぁ……」

「ご、ご主人様？」

「じっとしてろ」

「あっ」

なんかプルプルしてダメそうだったので、エレンをお姫様だっこのように持ち上げて馬車へと歩を進めると、心なしか男性従者（この場合は御者か？）の視線が生暖かいものになった気がする。しかし俺はそんな視線をあえて放置して、そのまま彼女と共に馬車に乗り込んだ。

「ではお願いできますか？」

「かしこまりました」

エレンを抱えたまま馬車に乗り込み、従者に馬車を出すように促すと、馬車はゆっくりと動き出した。

……本来は客人であり、小なりとも貴族家の当主なのだから従者に対してへりくだる必要はない。というか、へりくだっては駄目なのだろうが、家臣もいなければ碌《ろく》な基盤も持たない俺が、今の段階で寄親である侯爵を不快にさせるのはまずい。

そう考えて敢えて下手に出たのだが、もともと侯爵家の従者に対して萎縮していたエレンの存在もあり、向こうの従者はそういったのを全部理解したうえで何もツッコミを入れてこなかったのだろう。

もしかしたら異世界の貴族の流儀と思われているかもしれないが、それならそれで問題ない。まずは無礼と思われないこと、それからこちらの常識的な態度を身に付ければいいのだ。

とは言っても態度は自身の立場や階級、相手の立場や階級によって変わるので結局は慣れていくしかないのだが、向こうもそれなりに時間をくれるようなので、追々なんとかしていこうと思う次第である。

そんな貴族の常識についてはさておき、王城から出たことで王都の町並みを観察……と行きたいところであったが、馬車から風景は見えなかった。

なぜかと言えば、王城がある区画の付近というのは当然のことながら上級貴族が住む区画だからだ。つまり、それぞれの邸宅には外から中が見えないように高くて立派な壁がある。そのため馬車の窓からは綺麗な道と綺麗な壁しか見えないのだ。

ちなみに、こうして王城から移動することになっているのは俺だけではない。俺が一番早いのは確かだが、そのほかの連中も随時移動することが決定している。

それは「貴殿だけを移動するとなるとどうしても目立つが、どうしたものか？」と侯爵に聞かれたので、「俺以外の人間も移動させたらいい」と答えた案が採用されたからだ。

付け加えるなら勇者のようなレアモノや戦闘職の大部分は王家が確保するので、それ以外の人間……主に生産職の人間が、彼らのスキルを必要とする地を治める貴族の元へと移動することになっているというわけだ。

これには俺の移動を隠すだけではなく、王家で召喚者を独占しないというメッセージにもなるし、管理にかかる労力を各貴族に分散させることで、王家が勇者たちの育成に集中できるようにするための下準備でもある。

まぁ、王城で生産系のスキル保持者を大量に抱え込んでいてもしょうがないというのもあったと思う。

あとは、必ず出るであろう不穏分子を殺すためだろうな。

今回、というか召喚という行為はそもそもが誘拐紛いの行動であるうえに、召喚されてきたのはいまだに広い社会を知らず、学校という狭い社会で育てられてきた学生である。

彼ら学生諸君は上司に無条件で従うことも知らなければ、社会の不条理を経験したわけでもない。結果として上司の顔色を窺うことや上司に嫌われた際にどうなるか？　という危機感も理解できずに民主主義を啓蒙しようとしたり、絶対君主制や貴族制に対して文句をつけたり、嫌悪感を抱いて逃げ出そうとするかもしれない。

そういった政治形態の話以前に「異世界チートでハーレムを目指す！」とか言い出して自由を得ようとして逃亡を企てる奴も出てくるかもしれないけど、それはレアなケースだろうから考えないことにする。

そんな連中を逃がした挙げ句、そのまま他国に渡られたら王家の面目丸潰れとなる。故に『逃がすくらいなら殺す』くらいのことはするはずだ。しかしその粛清を王城で行った場合、他の転生者にもその情報が伝わることは確実。

どんなに上手く誤魔化してもバレるものはバレるし、バレなくても、そういった疑惑を持たれてしまうだけで『そんなことはしていない』という証拠を提示できない以上、どんな弁明をしても言葉に信憑性はないし意味もない。

万が一それで勇者御一行様に敵意を抱かれては本末転倒だからな。

だから不穏分子とみなされた生徒は遠くに飛ばして、自分たちの与《あず》り知《か》らぬところで『不幸な事故』にあってもらうというわけだ。

一応担当することになる貴族の責任問題にならないよう、護衛の兵士も何人か一緒に死んでもらい、それを魔物のせいにして魔王に敵意を抱かせることに成功すれば最高だろうよ。

……そういった黒い思惑があるかどうかはともかくとして、王家は召喚された人間の仕分けを始めることになった。その第一号が『早急に薬師を必要としている侯爵の下に派遣された男』こと、俺である。

これは性急に思えるかもしれないが薬師という役職上、それを必要とする患者がいることは予想できるし、他の召喚者も性急であることを咎めるようなことはできまい。

また、特に親しくもない相手に対して仮病を疑い、症状だの病状を問い詰めるような不調法もできるはずない。このような諸事情を利用し俺は自然な形で王城から一抜けし、侯爵の世話になる大義名分を手に入れたわけだ。

ちなみに将来的に分散されることになる生徒たちであったが、当の少年少女たちは特に反対しなかったらしい。強硬に反対したのは唯一の大人である木之内先生だけだったとか。

しかしそんな学生のために動こうとした彼女は、生徒たちから「保護者ぶるな」だの「なら代案はあるのか？」だの「せめて働かなきゃ駄目だろ」だのと言われてしまったようだ。

おそらく生徒たちは王家の命を受けた侍女や執事っぽい連中から、そのように話すように仕込まれたのだろう。もしくは「王城にいても退屈だ」程度の気持ちだったのかもしれない。

だが、言っていること自体は（中身は伴ってなくとも）正論なので、木ノ内先生は返す言葉もなく沈黙せざるを得なかった。これにより彼らは王家の意思に従って分散することになったんだと。

「自分から分断されることを認めるなんて、なんてアホな連中なんだ」と思わなくもないが、それも彼らの決断だ。俺からは「精々お国のために働いてくれ」としか言えない。

「お客様。到着いたしました」

侯爵が用意した高級馬車に揺られていることに緊張しているエレンを撫でながら学生さんたちのことを考えていたら、御者からそんな声がかかった。

時間にしておおよそ20分。侯爵という立場を考えれば、この距離が近いのか遠いのかは分からない。しかし向こうがここだと言うのなら間違いなくここなのだろう。

「申しわけございません」

「？」

いきなりの謝罪に首を傾げる俺に、御者が言葉を続ける。

「本来お客様をお迎えするにあたっては、従者やご家族一同がお迎えするのが当然の礼儀なのですが……」

（あぁ、それか）

御者の男性は申しわけなさそうにそう言ってくるが、それは別に謝罪されることではない。

「いやなに。確かに私は食客ではありますが、寄子でもありますからね。それに、極力目立たぬようにと依頼したのも私ですので、謝罪の必要はありませんよ」

そう、エレンのこともあるが、俺自身が侯爵家の人間との距離を掴みかねているし、この世界においては右も左も分からないので何が不調法になるのか分からないという不安がある。そのため、常識の擦り合せが終わるまでは公的な挨拶を差し控えさせてもらったのだ。

「……恐れ入ります」

向こうは自分の常識では無礼を働いたと思っているようだが、これでよいのだ。

「いえ、ご案内ありがとうございました」

頭を下げる男性に謝辞を述べ、馬車を降りた俺の前にあるのは、2階建ての豪奢《ごうしゃ》な建物であった。……侯爵が言うには「急な来客を滞在させるための質素な建物」とのことだったが、俺からすれば十分豪邸だ。

「ご主人様、ここが……」

「そうだ。これから俺たちが過ごすことになる屋敷だ」

男爵家の人間だったエレンから見ても、十分に大きな建物なのだろう。「思っていたのと違う……」とか小声で言っているのは聞こえないことにした。

俺としても侯爵から屋敷を用意するという話を聞いた時、最初は「いや、屋敷とかいらんから」と言いたかったのだが、侯爵が言うには「自分には王家から預かった他国の貴族を歓待しなくてはいけない立場がある」と言われてしまい、断ることができなかったんだ。そこであまり目立たないような屋敷をお願いしたのだが……流石は侯爵家といったところだろうか。

ローレン侯爵家が持つ中では一番小さい屋敷のはずの邸宅は白一色の壁と庭とのコントラストを計算に入れて造られていることは、素人目にも分かるものだった。客人用ということもあり、当然の如く庭もきっちりと整備されている。これを維持するためには専属の庭師が必要なのだろうが、勝手に決めるのもあれなのであとから侯爵と打ち合わせる必要があるだろうな。

「ではお客様。こちらがご当主様より預かりました書状と、当家で保管してある薬品類となります。それぞれに名を振ってありますが、これらの説明はご入り用ですか？」

本来ならば「常識を教える必要がありますか？」などと客人に問うのは無礼極まりない行為だが、彼は俺の事情を知っているのだろう。

彼の目には侮蔑や軽視の色はなく、主君に言われたことを粛々と遂行しようとしているだけなのが分かる。よってその言葉を向こうからの気遣いと判断した俺は、敢えて腰を低くして返事をすることにした。

「いえ。うちの侍女に確認させてもらいます。彼女が確認しても不明な点が出てきた際にはご連絡させていただいてもよろしいでしょうか？」

「もちろんでございます。屋敷には備え付けの通信機がありますので、遠慮なくご連絡くださ い」

「分かりました。ご丁寧にありがとうございます」

「……それでは私はこれにて失礼させていただきます」

「えぇ、お疲れ様です」

俺が軽く頭を下げると向こうは一瞬固まったものの、次の瞬間には何事もなかったかのように姿勢を正し、そのまま立ち去っていった。

うむ、プロだ。

それと俺の気のせいでなければ、できるだけ早く離れたがっていたようにも思える。あれはおそらく俺の為人《ひととなり》を侯爵家の人間に伝えるためだろう。

もしくは女を連れた貴族が宿舎に入ったらナニをするかということを理解していて、その邪魔をしないため、という可能性もないわけではないと思う。

まぁ両方だな。

一昨日は夜通しで昨日は朝から通しだったから、彼の気遣いは事実に基づく行動であり、誤解でもなんでもないので俺から何かを言うことはできん。

そんなこんなで新居に2人っきりとなった以上、やるべきことは一つ。

そう、建物の確認だ。

「外から見ただけでも分かりますが、中はずいぶん広いですね。流石は侯爵閣下がご主人様のために用意してくださった邸宅です！」

侯爵家の男性がいなくなった途端にエレンが興奮気味に言ってくるが、俺のために建てたわけではないからな？　ただ、いろいろと確認は必要だろう。

「エレンの実家よりも広いのか？」

「もちろんです！　ご主人様がどのようにお考えなのか存じませんが、まず普通の法衣貴族の家にはこれほどの庭園はありませんし、建物ももっとこじんまりとした感じなのですよ」

「ほう」

交際費や維持費に金をかけるのだから、最低でも客人を呼んでホームパーティーをするくらいの規模の庭はあるものだと思っていたが、どうやらそういうわけではないらしいな。

エレンが言うには、もともとそれほど裕福ではないのもあるが、あまり立派な建物にしてしまうとその分調度品を揃えなくてはならなくなるし、さらに維持のためには使用人を増やす必要も出てくるので必要以上に大きな邸宅にはしないのが普通だそうだ。

これに加え、邸宅を立派にすると上位の貴族に目を付けられてしまうし、庭なんか作った日には維持費が嵩《かさ》むうえに、僻んだ貴族がホームパーティーを開催するよう働きかけてきたりするんだとか。

それっていいことじゃないのか？　と思ったが、客を迎えるためにはそれなりの準備をしないといけないし、下手なパーティーを開催すると悪評が広まる可能性もあるので、男爵程度の家の場合はこじんまりとした家に住むのが普通らしい。

世知辛《せちがら》い世の中だ。

そんな夢のない王家の法衣男爵についてはともかくとして。一般的な法衣男爵家の間取りは、2階建てで、間取りは当主の寝室兼書斎、妻の部屋、子供の部屋×2、食堂、あとはトイレと風呂といった感じなのだとか。

トイレと風呂がしっかりある時点でいろいろと思うところはあるのだが、これに関しては中世ヨーロッパ風な世界だし、これまで召喚されてきた人たちの努力の結晶だと思うことにした。

うん。衛生観念は大事だからな。

翻って俺に貸与された屋敷だ。まず1階の真ん中が吹き抜けのエントランス。左手に食堂や厨房があり、右手に大きめの応接間っぽいのが1つ。さらに倉庫にトイレや風呂が付いている。

2階は左手に40畳ほどの部屋が1部屋と30畳ほどの部屋が1部屋あり、右手には20畳ほどの部屋が3部屋ある。あとは倉庫とトイレとシャワールームだな。で、左手にある一番大きな部屋に風呂が付いているのは、たぶんそういうことだろう。

あとは家具も最低限のベッドやタンスがあるので、アメニティグッズ以外には特に新しく何かを買う必要はなさそうだ。

まさしく至れり尽くせりよな。

だが日本人的価値観を持つ俺から言わてもらえば、1部屋1部屋の部屋がかなり広いように思える。

それは俺だけではなくエレンから見てもそうだったらしく、「右の部屋でさえ一つ一つの部屋が実家の当主の部屋と同じくらいある」とか。

これが侯爵クオリティなのだろう、と諦めるのは簡単だが、問題は掃除などを行うエレンが大変そうだということだ。

給金を支払う以上はちゃんと働いてもらうし、侯爵家からも人を借りる予定だが、働きすぎて体を壊されても困る。取りあえずは使ってない部屋と使っている部屋を分けて、使っている部屋だけを毎日重点的にやる形にしようと思う。

あ、あとは厨房と食堂の管理が必要か。

「なぁ、誰かエレンと一緒に働いてくれるような知り合いはいるか？」

……どう考えても人手が足りなそうだし、侯爵家から借りる人間を最低限に抑えたいと思っている俺は、エレンに誰か知り合いで使えそうなのがいないか聞く。するとエレンは、

「同僚……あ！　で、でしたら！」

「ん？　ちょうどよい人材に心当たりでもあるのか？」

「は、はい！　ご主人様さえよろしければ、私の妹はどうでしょう⁉」

「妹？」

「はい！　今15歳になるのですが、そろそろ侍女としての経験を積むために他家に修行に出す予定なんです！」

「ほほう」

なるほど。いきなり縁故採用の申し出が来て少しびっくりしたが、そうやって花嫁修業を行うことで貴族同士の繋がりを持つわけか。で、上手くいけば修行先の人間と結婚できるかもしれんし、そこまでいかなくても少なくとも伝手はできるもんな。

なかなか上手く考えられているなぁと思ったが、ここで一つ疑問がある。

「それってウチでいいのか？」

できたばかりの新興の家で、姉がいる職場というのは修行場所としてどうなんだ？

「ご主人様なら問題ありません！　それに……」

「それに？」

「……うちは元兄嫁の件でいろんな貴族から避けられておりますし、変なところに行ったらいじめられちゃいますから」

「おぉう」

ハハハと力なく笑うエレンに、なんて言葉をかけていいのか分からん。

こういう時どんな顔をしたらいいんだ？　笑う？　怒られるわ。

いやしかし、エレンが王城に務めることになったきっかけは昨日ざっと聞いたが、そうか。元兄嫁の実家は子爵家だし、男爵だと逆らえないよな。かと言って伯爵家などの上級貴族との伝手はないわけで。

当主である兄は最悪愛妾扱い前提でも……と考えているらしいが、そう考えているのは彼だけではないのでなかなか難しい。

そんでもって「受け入れる」と表明しているところは、エレンが言う「変なところ」の可能性が高く、そんなところに送ったら妹がどんな目にあわされるか分からんうえに、難癖まで付けられる可能性もあると言うので、妹の修行先についてはずいぶんと悩んでいるんだとか。

そんなところに突然現役の軍務大臣である侯爵家と繋がりがある新興の準男爵（男爵に陞爵することが内定している）が現れたら、そりゃ狙い目だよなぁ。

しかしよくよく考えれば、エレンの妹はエレン以上に他の貴族の影響を受けていないし、恩を着せれば裏切る可能性も少ないよな。

さらに、今のところ彼女らにさせる仕事は掃除や炊事、洗濯といった家事全般だけ。いずれはお客様対応もする必要があるだろうが、それは侯爵から紹介された人間にさせた方がない腹を探られる心配もない、か。

「……取りあえず見習いで雇うか。給金は年収20万シェンだが、それでもいいか？」

王城の場合は衣食住の保証付きで10万シェンらしいが、向こうは『王城で勤務してた』ってブランドがつくからな。それに対してうちは王城と違って勤め上げたあとに格が付くわけじゃないし、その分は給金という形で支払おうじゃないか。

「え？　お給金までもらえるんですか!?」

「そりゃ払うさ」

俺をなんだと思っているんだ？　それにただ働きなんかさせたら簡単に買収されるだろうが。

「あ、ありがとうございます！」

「お、おう」

自分だけでなく妹も救ってもらえることになって感極まったのか、エレンはその目に涙を溜めながらガバッと俺に抱きついてきた。

◆◇◆◇◆

自分だけでなく妹も救ってもらえることになって感極まったのか、エレンはその目に涙を溜めながらガバッと神城に抱きついた。

彼女は既にOKサインを出しているのだが、エレンを優しく抱き止めた神城は、彼女をあやしながら、内心で（今日はダメだ今日はダメだ今日はダメだ今日はダメだ今日はダメだ今はダメだ）と、必死に己の中で暴れまわるナニカと戦っていた。しかし、それも長くは持たなかったという。

6章　救いの一手

「んー」

そこは、エレンにとって至高の空間だった。

「んー」

柔らかすぎず、硬すぎない枕。

「んー」

重すぎず、軽すぎない布団。

「んーー」

自分の体を包み込むようなベッドマット。

「んーー」

シルクのような肌触りのシーツ。

「んーーー」

どれをとっても一級品であり、当然これまで自分が使っていたモノとは比べるべくもない逸品ばかり。そんな逸品に全身を包まれながら、エレンはこの世の楽園の住人と化していた。

……しかし夢とはいずれ覚めるもの。

「んーーー。……あれ？　お茶の、香り？　いつもと、ちがう？　裸？　えっと？　なんでだっけ？」

まどろみの中で感じられた肌触りを実感すれば、己が裸であることに気が付くし、己がなぜ裸なのか？　という疑問に至れば自分が置かれている状況を思い出すこともできる。

「あぁ！」

エレンは寝る時に全部を脱がなければ寝られないようなタイプでもなければ、暑くて服を脱いだわけでもない。そもそもここはエレンにとって自分の部屋ではない。

「お。起きたか？　疲れているならもう少し休んでもいいんだぞ？」

ガバッ！　という音が聞こえそうなほど勢いよく上半身を起こせば、その視線の先には自分で入れたであろうお茶を飲みながらくつろいでいる神城の姿があった。

「ご、ご主人様！」

神城の姿を認識するとほぼ同時に自分が裸だと思い出し、エレンは先ほどまで自分を包んでいたシーツで己の体を隠す。

「ん、おはようエレン。あぁ、よかったら飲むか？　流石に本職には及ばないが、茶葉がいいからそこそこ美味いぞ」

神城からすれば今更と言えば今更だが、彼はそういった恥じらいもエレンの好ましいところだと思っているので、特にその行動に対しては言及したりせず、至って普通の様子で挨拶をする。

「お、おはようございます。お、お茶もいただきますけど、その前に……」

「その前に？」

「き、着替えを、着替えをしてきます！」

裸であることもそうだが、寝過ごしたことや、主人に茶を用意させたことを恥じ入り、エレンは顔を真っ赤にしながら昨日脱ぎ捨てた服を拾い上げ、備え付けの浴室へと駆け込んでいった。

「……寝起きのエレンはあんな感じなのか。それともあれが素なのか？　うん、まぁやっぱり疲れていたんだろうな。ここではもう少しリラックスさせてやろう」

エレンの日中のキリッとした感じや、夜のダダ甘な感じとはまた違った表情を見ることができた神城は、頷きながら自分で淹れたお茶を一口飲むのであった。

◆◇◆◇◆

「起こしてくださっても構いませんでしたのに……」

浴室で汗を流し着替えを終わらせたエレンは、キリッとした表情で抗議の声を上げる。まぁ顔が赤いままなので色々と台無しなのだが。

「疲れているみたいだったからなぁ。……やっぱり王城の中では緊張していたんだろう？」

「それは……そうですね」

王城にいた時は常に監査の人間からの視線を感じていたし、同室のメイドも友人といえば友人であったが、潜在的な競争相手でもあったので、特別に親しいというわけでもなかった。

しかし、それ以前にそもそも男爵家の娘程度の人間が王城で勤務していて緊張しないわけがない。

ただでさえ実家のことや妹のことで余裕がなくなっていたところに過度の緊張を強いられてきたのだ。

そして、神城に出会ったのが3日前だ。その翌日は神城からスカウトされたことで精神的な負担は一気に減ることになったが、同時に1日中神城と共に王城の客室に用意された寝具の使い心地を確認していたので、肉体的な疲れが溜まったのもあるだろう。

なんやかんやで王城を出て、自分たちのモノになった屋敷に入ったことで思わず気が抜けてしまったのだ。

それでも「メイドとしてそれではいけない」と言われてしまえばそれまでなのかもしれないが、しっかりしているようでまだ17歳の彼女が、重責から解放されたことを理解してリラックスしてしまったのを咎めるのは酷というものだ。

「流石に毎日気を抜かれては困るが、まぁ数日くらいはいいだろ。俺だってずっとエレンに気を張られていたら気が詰まるし」

「そう、ですか。では今後気をつけます」

「うん。そうしてくれ」

少なくとも雇い主である神城にエレンを咎めるつもりがない以上、この話はこれで終わりである。

(まったくもう、おやさしいのは分かりますけど、あんまりやさしくされたら甘えが出ちゃうじゃないですか。でも、それに甘んじていたら私はご主人様にとっての足かせにしかならないわ。……それは駄目。拾っていただいた以上はしっかりとお役に立たないと駄目なのよ！　そうじゃないと……)

神城のやさしさを理解しながらも、与えられるやさしさに溺《おぼ》れてはいけないと自制するエレン。その根底には『昔に戻りたくない』という気持ちがある。それに加えて、

(ただでさえこれからご迷惑をかけるのに……)

「それで、今日は妹を迎えに行くんだろう?」

「あ、はい!」

そう、妹だ。

前にもらった手紙では、自分の2つ下の妹であるヘレナは、まだ他の貴族の家に修行に出ていなかったはず。しかしその情報も1カ月近く前の話。

もしかしたら既に兄が他の貴族からの圧力に負けていたり、母が変な気を利かせて碌でもない相手の家に修行に出したり、最悪は貧しさに負けてヘレナを差し出してしまうかもしれない。

貴族の娘が他家に修行に出るというのは、場合によっては愛人になるということを認める意味合いもある。しかし、それだってきちんと立場を尊重して、妾や側妻《そばめ》などではなく、第二夫人や第三夫人といった側室と呼ばれる立場になることがあればこその話である。

明確な力の差があったり、金銭目当てで差し出された落ち目の貴族の娘が、立場を尊重されることもなければ、そのような扱いを受けることができるはずがない。

良くて『お気に入りの妾』程度の扱いになることは目に見えている。

(もしそうなっていたとしても、ご主人様ならば助けてくださるでしょう)

実際、もともと神城がヘレナを迎え入れることを承諾したのは、ヘレナの人間性や魅力を知っているからではない。エレンが勧めたから。ただそれだけだ。

そこに『どこぞの家の妾になった』だの『どこぞの家の連中に玩具にされた』だのといった情報は一切考慮されていない。

なので、もしもヘレナが既に他家に修行に出されていて、修行先で散々な扱いを受けていたとしても、神城は「仕事さえしてくれればそれでいい」と言って迎え入れてくれるだろう。

(……でも、それは私が我慢できない)

エレンにとって、妹のヘレナが悲惨な目にあうのはもちろん我慢できることではない。だがそれは、神城がいなければ確実に起こっていたことでもある。

本来ならそれはエレンの実家であるトロスト家の問題であり、トロスト家が片付けるべきことと割り切ることもできなくはない。

しかし、神城のやさしさに付け込んでヘレナを保護するというのは、全くの別問題だ。

この場合、エレンの事情に神城家を巻き込むことになる。

それも神城のやさしさに付け込むという最悪の形で、だ。

エレンにとって神城は、初めてを捧げた男であり、自分を拾い上げてくれた恩人であり、生涯支えることを決めた主人でもある。

ローレン侯爵の庇護があれば、トロスト家と付き合いがある程度の家ならば潰すことも可能だろう。ヘレナを取り戻すことは簡単なことかもしれない。

だが、同時に神城は、ローレン侯爵に対して無用な借りを作ってしまう。

ローレン侯爵の立場からすれば、その辺の木っ端貴族を蹴散らすだけで神城に恩を売れるのだから、これほど楽な話はない。

もしかしたら、エレンやヘレナに「よくやった」と褒美すら出すかもしれない。

しかし貴族同士の貸し借りの厄介さを知るエレンは、妹のためとはいえ、自分たちの都合で神城にそんな負担をかけたくなかった。

(万が一の場合は、私がなんとかしないと。けど、どうやって?)

兄は頼りにならないし、母親も駄目だ。というか今エレンが考えている最悪の事態は『兄や母がヘレナを売った場合』なので、両者が頼りになるはずがない。

そうなると自分がなんとかしなくてはいけないのだが、自分に何ができるか？　と自問しても……何も浮かばない。

そもそもエレンは王国の法的には王城から神城に下げ渡されたという扱いなので、実質神城の所有物である。ならばエレンが何をしても神城に迷惑がかかってしまうのは確実。

(どうやってもご主人様に迷惑がかかる。私がヘレナを雇ってほしいって言ったから……)

どうにもならない現実にぶち当たり、俯いてしまうエレン。

「……え？」

そんなエレンをどう見たのか、気付いたら隣に座っていたはずの神城が立ち上がり、頭を撫でていた。

「何を考えて不安を感じているのかは分からんが、まずは行ってみろ。それから状況を確認して、こっちに連絡をくれればいい。必要なら俺も動くし、侯爵閣下にも動いてもらうから」

「で、でも、それだとご主人様が侯爵様に借りを……」

「別に構わんよ」

「……え？」

借りを作ってしまう。

そう告げようとしたエレンの言葉に被《かぶ》せるように、神城は朗らかに告げる。

「もともと借りがある相手だし、今更だな。かと言って侯爵閣下だって今のところ俺に返せる物がないってことくらいは理解してるだろうし、それほど問題にはならんよ。そもそもが新興の準男爵と侯爵閣下だぞ？　貸し借り云々を語る以前の話だろ。だから安心して俺を頼れ」

「あ、は、はい」

侯爵に何事かを命じられたら、準男爵の立場では貸し借りがあろうとなかろうと従うしかないではないか。

事実だが、いや、事実だからこそ情けないことを発言しているはずの神城だったが、エレンはいっそ堂々と己の弱さを語る神城に対し、失望するどころか頼もしさを覚えていた。

「それに、な」

「？」

「既に侯爵閣下には『エレンの妹を使用人として雇うのを許可してほしい。エレンの兄にも結婚相手を紹介してほしい』って頼み込んで承諾をもらっているんだぞ？　エレンが何を心配しているのかは知らんが、今更『駄目でした』とは言えんよ。だから、貸しだとか借りだとかいった心配は不要だ」

「ご主人様……」

「ん？　おっと」

エレンから上目遣いで羨望の眼差しを受け、気恥ずかしさを覚えたのか視線を逸らし、苦笑いをしながらやや早口にそんなことを言う神城を見て、エレンは何かに胸を打ち抜かれたかのような錯覚を覚え、思わずギュッと抱きついた。

「……知っての通り俺は右も左も分からん新米貴族だ」

「……はい」

自分の胸に押し当てられたエレンの頭をやさしく撫でながら、神城は静かに語る。

「従者も１人しかいないし、頼れる知り合いだって侯爵閣下以外に１人もいない」

厳密に言えば勇者の一行は知り合いに当たるのだろうが、彼らと神城はせいぜいが転移の初日に声を交わしただけの関係でしかない。

そもそも彼らとて異世界から来たばかりで右も左も分からない子供たちだ。これではとてもではないが『頼れる知り合い』とは言えないだろう。

「……はい」

「けどな。だからこそ最初の従者は守る。そのためなら真っ先に侯爵閣下を頼ることも厭《いと》わん」

「……はい」

「エレン。俺はできる限りお前を助けるつもりだ。だが、お前が一方的に俺に負担をかけるのがつらいと言うのなら」

「……」

「代わりに、普段から俺を支えてくれないか？」

「……っ！　はいっ！」

有事の際は守る。だから普段は支えてくれ。

それは貴族の当主が使用人に言う言葉ではない。

それは男が女に告げるプロポーズに近い言葉。

今は、神城もそこまで考えて言ってはいないだろう。ただ単純に、エレンの負担を軽減したいと考えた結果、口から出た言葉だというのはエレンも理解している。

しかしエレンはそうと知りながらも、神城からの言葉を己の胸に刻み込む。

これは誓い。

異世界から召喚されたばかりのご主人様を支える。

それが、ご主人様に助けられた自分の誓いなのだ、と。

エレンはあらためて神城を『己が生涯仕える主君である』と心に誓う。

……差し当たっては今。

「……ご主人様」

「ん？」

「寝具の……」

「寝具？」

「寝具の様子を確かめましょう？　ちゃんと2人分支えられるかどうか確認しないと」

「…………ふっ」

◆◇◆◇◆

……ふう。

エレンと一緒に侯爵家が用意した寝具の使い心地を一通り確認したあとで、いろいろとエレンに確認を取ったところ、以下のことが判明した。

まずこの王国の人口はおおよそ５０００万人。広さはよく分からないが、付近には王国と同じ程度の規模の国が、少なくとも３つはあるらしい。位置情報などはずいぶん曖昧《あいまい》だったが、国全体の地図や世界地図は軍事機密扱いなのでエレンは見たことがないそうだ。

これは当然といえば当然の話だ。

地球でも時代によっては隠すのが普通だったし、公表したとしても他の国と比べて自国を小さく見せるのを嫌った国家は、世界の中心に自分の国を置き、さらに国土を大きく見せたりするのが普通だったからな。

この王国の測量技術や国家の方針は知らんが、中世風な世界である以上、地図はそれぞれの方角を理解する程度に留めるべきだろう。

地図や細かい地理に関してはあとで確認するとして、今は直近で関わりのあるところを聞くことにする。

王都周辺は当然王家の直轄領で、王都の周辺地域の人口はおよそ４００万人。これは広さと人口密度にもよるが、人口５０００万人の国家の首都圏の人口と考えれば妥当で、中世の世界と考えれば破格の人口を誇る。

ちなみに三國志で有名な古代中国の後漢時代、漢の人口はおよそ５０００万人で、首都である洛陽があった司隷の人口がおよそ３００万人といえば、その規模が分かるだろうか？

まぁ、あっちは医療改革も食料改革もなかった時代なので、国土の広さに比べて人口密度はかなり低かったから比較対象としてはどうかと思うが、逆に言えば医療や食料の当てがあるのなら、この数字は決して異常ではないということだ。

つまり、王国がこれだけの人口を抱えていながら食料事情に問題がないのは、ひとえに魔法と異世界から召喚されてきた先人たちによる農地改革や医療改革の賜物なのだろう。

さらに言うと王家は各地に直轄領を持っているらしいので、王家が抱える人口の正確な数字はエレンにも分からないのだとか。そもそも５０００万人も王国の公式発表であって、前後する可能性もあるしな。

そんな王家の中にあって、俺が世話になることになったローレン侯爵家は流石王国の中でも指折りの貴族と言うべきか。彼が治める領内には総勢で３００万人ほどが住んでいるらしい。

この数に関しては、人頭税を元に税を徴収しているので信憑性が高いんだとか。ただ寄子の貴族が治める分は入っていないので、この数だけで侯爵家をはかるのは早計である。

さらに国家の土地開発も完全というわけでもなく、強力な魔物の縄張りやその付近は開発ができていないし、魔王軍による脅威に対抗するための緩衝地帯として設けられている土地などがあるので、王国としては戦線を押し返せばそれだけ開発できる土地が増えると考えているようだ。

そのため、国王が勇者一行にかける期待はかなり大きいらしい。

エレンはこれ以上軍事に関してはよく分からないそうだ。さらに詳細が知りたいならば、あとで侯爵に確認をすれば、教えてもいいことは教えてもらえるだろう。

完全に余談になるが、侯爵が自領で常備薬システムを広めた場合、３００万×20＝６０００万シェンの増税が見込める。これを日本の物価に当てはめて考えれば、月に3億円相当。これが年間だと7億２０００万シェン。つまり36億円だ。

これに加えて、ギルドからの売上金の一部や賄賂が入るんだから、単純に考えても年間50億円相当の増収が見込める。そりゃ侯爵も俺に年間１０００万シェン払えるわな。

しかし今の段階では取らぬ狸のなんとやら。いろいろな手続きや初期投資、システムを支える人間への人件費や各種維持費を考えれば、俺への給金も妥当なところと言えるだろう。

もしも早期に上手く回るようになったら今以上に給料をもらえるかもしれないが、あまり相手に依存をすれば面倒なことになるのは分かりきっているので、俺は俺で金策をする予定である。

その金策の当てが、侯爵にも言った貴族向けの薬の販売だ。向こうはそれほど期待していなかったようだが、それがこの国における薬師の立場なのだろう。だからこそニッチなところを独占できるというものよな。とは言っても、完全に自立できるようになってしまえば、向こうが警戒心を抱くだろうから、あくまで多少の余裕を作る程度に収める必要がある。

そのさじ加減は情報を集めてから決める予定だ。

次はレベルだな。基本的にレベルには個人レベルと職業レベルがあり、個人レベルは主に戦闘で一定数の魔物を倒すと上がるそうだ。

ただ一般的には、5歳で1レベル上がりレベル2に、10歳でさらに1レベル上がりレベル3に、15歳でさらに1レベル上がってレベル4になるらしい。

なんというか、微妙と言えば微妙な設定であるが、5歳と15歳では基礎能力から何から違うのが普通なので、特に問題なく受け入れられているのが実情だ。

次いで職業に関して。

職業は先天的に持っている場合と持っていない場合があり、持っている場合はそれが天職ということなのでそのまま。持っていない場合は神殿で得る。というのもこの国では国民は5歳になってレベルアップした際に神殿に行って鑑定を受けることが義務付けられているらしく、その際に職業を得られるらしい。変則的な七五三みたいなものだな。

だが、当然というかなんというか、先天的に職業を得ている人間はかなり稀《まれ》らしく、ほとんどの人間はこの鑑定の際に選択肢として出てきた職業の中から選んで職業クラスを得るんだとか。この時は無料で職業を付けることができるそうだ。

そうして得る職業は基本的には親の職業に関係しており、騎士の子なら【戦士】のような戦闘職を、鍛冶職人の子は【鍛冶師】関係の職を、商人の子供は【商人】関係の職業といった感じの職を得るのだそうだ。

しかし、人によっては親と同じ系統の職業を得られない場合もあり、その場合は適性がないということで、諦めて他の職を選ぶらしい。ちなみにエレンのような貴族の娘さんは【メイド】を取るのが一般的だそうだ。そのためエレンもメイドを取っており、そのレベルは9だそうだ。

……高いのか低いのかよく分からんな。その判断は後回しにするとして、つまるところ現在のエレンのレベルは、個人レベル4、職業レベル9となる。

さらに職業レベルはある一定以上のレベルになると次の職が選択できるようになるらしい。

ゲームなどでいう二次職だな。

これは有料なので、二次職になるかどうかはそれぞれの懐事情によるんだとか。

あと、転職した場合はレベルが1になるので一時的に弱体化するらしい。だから、それを嫌う者は二次職にはならないようだ。

う～む。まさかのクラスチェンジシステム搭載型とは恐れ入る。

エレンから話を聞いて俺が思ったのは、おそらくこの転職は特定のレベルがどうこうではなく、前職と転職時のステータスによって選べる職種が変わってくるのではないか？　ということだ。

分からない？　つまり最初はウィザード○ィシステムで選べる職種が決定し、そのあとはラン○リッサーのようにジョブツリーで二次職、三次職が決まるのではないか？　ということだ。

あくまで推論だがな。

しかし、この転職には落とし穴がある。それは職業レベルが累計され、その累積レベルに上限があることだ。今のところ個人レベルの上限は定かではないが、職業レベルの上限は累計で１００と判明している。

つまり「転職したらレベルが初期化されるなら、転職しまくればいいじゃないか！」と何も考えずに転職しまくると、最終的に【戦士10】【剣士10】【闘士10】【弓使い10】【スカウト10】【会計士10】【火魔法師10】【水魔法師10】【風魔法師10】【回復魔法師10】といった感じの器用貧乏が出来上がってしまうのだ。

当然のことながら能力の成長度合いは一次職よりも二次職の方が高いので、最初から二次職や三次職を上限まで上げた人間と比べて、上記の器用貧乏タイプの人間はあまりにも使い勝手が悪くなってしまう。

　生産職も似たような感じであり、同じ素材を使っても【薬師10】の人間が作った薬よりも【薬師20】の人間が作った薬の方が効果が高くなるし、高レベルでなければ作れないものもあるので、いろんな職を求めるよりは一極集中型が望ましいとされている。

　ただし二次職や三次職には複数の職を一定レベルにしなければなれない職もあるそうなので、複数の二次職を極めるのか、三次職や四次職を得るのかは、本当に人それぞれ。

　それを踏まえると勇者は四次職か五次職に相当するらしいので、成長すれば相当な戦力になると予想されているそうだ。

　職業に関してはだいたいこんなところだろうか。

「よく分かった、ありがとう。しかし、あれだな」

「あれとはなんでしょう？」

「聞いておきながらなんだが、少し詳しすぎないか？　いや、教えてもらって助かるからいいんだが」

「……以前は戦闘職になってお金を稼げないか？　とか、専門職に就いてお金を稼げないか？　とか考えておりまして」

「あぁ」

うん、そうだよな。さっき言ってた「侍女として他の家に行った場合、いじめられたりするかもしれない」ってのは妹だけの話じゃないもんな。

そう言ってベッドに横たわりながら遠い目をするエレンを優しく撫でながら、俺は（妹が来たら優しくしてやろう）と思うのだった。

遠い目をしているエレンの扱いについてはあとでいろいろとフォローするとして、職業レベルの上げ方も分かったところで、そろそろ俺のスキルを試していきたいと思う。

まず俺のスキルは〝薬術？〟というものに纏められており、その中身は〝診断〟〝成分摘出〟〝成分分析〟〝成分調整〟〝製剤〟〝投薬〟〝薬品鑑定〟〝毒無効〟といったものであるが、この中身に関しては鑑定員も「薬術か」としか言わなかったので、おそらく俺にしか見えなかったようだと予想している。

……なにせ、他はともかく〝毒無効〟は使いようによっては完全なチートだからな。

もしも確認されていたら「これを持った人間を逃がすなんてとんでもない！」ってなるのが普通だ。いや、勇者なら普通に持ってそうだけど、あれはもともと逃がす気がないだろうから対象外ってことで。

そんな〝毒無効〟のヤバさはともかくとして、他のスキルの検証を行う必要がある。

最初は〝診断〟だな。これは診断対象の健康状態を調べるスキルだ。声を聴いたり目を診たり、姿勢を診たり肌の色を診たりすることで、相手の状態を判別できる。

自分にかけた際にステータスとかが出てきたのは、文字通り自分の状態だからだろう。他人では分解でもしない限りはあそこまで詳細な情報は出てこないはずだ。

……実際いろいろ知っているはずのエレンの場合でも、『疲労（小）』とかしか出なかったし。

だが、これはこれで使いようがある。というか、病状が分からなければ処方する薬も違うから、これがなければ話が前に進まないと言ってもいいだろう。

次の〝成分〟に関する諸々のスキルも、残念ながら俺は薬学大学を出たわけではないので、細かい成分を語られても分からん。俺が持つ知識なんてヒアルロン酸だとかＤＨＡだとか各種ビタミンやカルシウムくらいでしかないのだ。

自動で知識がインストールされているわけでもないから、この辺は自分で知識を身に付けなきゃ駄目ってことだな。

〝製剤〟や〝投薬〟に関しても、薬を作ってからじゃないと意味がない。だからまずは〝薬品鑑定〟を行うことで、この世界の薬に対する知識を深めようと思う。

「エレン、御者さんから預かった箱の中から、回復薬を出して持ってきてくれ」

「は、はい」

御者さんが俺に渡してきた箱の中には何種類かの薬があったが、俺にはその中の何が回復薬なのかすら分からなかったので、エレンに「取り出してくれ」と頼んだ。

エレンが試験管っぽいのに入った緑の液体を差し出してくる。

「ふむ。これが回復薬なのか？」

「はい。回復用のポーションですね」

予想通りというかなんというか、試験管にはラベルが貼ってあり、それに何か書いてあるのは分かるのだが……俺にはその字が読めなかった。

そりゃ、ナーロッパとは言え中世ヨーロッパ風な世界だもんな。

日本語が標準語ではないなんて当たり前の話だよな。

「あの、ご主人様？」

世の無常を感じて微妙に黄昏《たそが》れている俺に、エレンがおずおずと声をかけてくる。

「ん？　あぁ心配させたか？　すまんな。ただこれからは文字の勉強も必要だと思ってな。今後はそっちも教えてもらえると助かる」

「はい！　お任せください！」

うむうむ。

こうしてただの侍女としての仕事以外の仕事も与えることで、エレンを特別扱いする理由にもなるからな。もともとそのために何か仕事はないか？　と思っていたところだし。ちょうどいい。

俺は文字の勉強をすることを心に決めつつ、エレンから渡された回復薬に〝薬品鑑定〟を使う。すると試験管の前にボードのようなものが浮き上がり、そこにはこのように書かれていた。

名前：回復薬《ポーション》・並
効果：止血（小）・麻酔（小）・消毒（小）・代謝向上（小）・造血（小）・浸透（小）・品質保持（小）

「……なるほど」

店で売っているであろう通常の回復薬に、ここまでの効果があるのか。

いや、剣と魔法の世界、さらに回復魔法がある世界で一定の需要を誇るのだから、ある意味ではこれが当然と言えば当然なのだが、正直言って驚いた。

だが驚いてばかりもいられないので、分かったことに考察を加えながらメモを取っていく。

まず『並』というのは品質だよな。まぁ侯爵家が持っている薬が並でいいのか？　とも思わなくもないが、品質保持の効果を考えれば、おそらく時間経過で劣化したのだと当たりを付ける。

深読みすれば、劣化したからこそ俺に提供してきたのだろうが、俺としても変に遠慮をする必要がないのはありがたいので、そこのところは気にしないことにする。

次いで効果。確かに傷を回復させるためには代謝を上げたり失った分の血を補充する必要があるし、患部に直接ぶっかけるなら止血や消毒、痛み止めの意味を持つ麻酔効果も必要不可欠ってことか。

うーむ。深い。

単なる回復薬だと思っていたら予想以上の技術が詰まっていたので驚いたが、問題はこれからだ。

おそらくだが、俺のスキルにある〝成分摘出〟を使えば、この回復薬に使われている成分を抽出することができるだろう。さらに、それに〝成分分析〟をかけることで、より詳しい情報が得られるはず。

例えば材料に『薬草』とあった場合。ではその薬草のどの部分、あるいはどの成分が、薬効になっているかが分かれば、より純度の高い効果を持つ薬を作ることができる可能性が生まれるからな。

そうは言っても、それはあくまで可能性の話。現在、薬剤師のレベルが1でしかない俺にどこまでできるかは完全に未知数だ。

しかし、目の前に物があり、観測できるということは、干渉もできるということである。知識が足りないなら知識を得ればいい。能力が足りないなら魔物を殺してレベルを上げればいい。また、スキルを使うことで職業レベルが上がると言うなら、〝診断〟や〝薬品鑑定〟、または〝成分分析〟を繰り返せば、いずれは上がるだろう。

せっかく夢にまで見た異世界で、夢にまで見た薬剤師となったのだ。不労所得だけで暮らすのはもったいないじゃないか！

……いや、最悪それでもいいけど、やっぱり俺も日本人だからだろうか？　この世界に来てまだ3日目だが、やはり働かないと落ち着かないのだ。

ここ2日はエレンとの夜戦で疲れているはずなのに、朝はこれまでの起床時間である朝の6時に目を覚ますし、実際に今朝だって、

（今日は金曜だから、神宮前だな。向こうのビルの中は先週行ったから、今週はあっち。あ、そう言えばあのビルには新規で会社が入ってきたよな。他に取られる前に行くか。だから時間割としては先に向こうから……）

なんて感じで、夢の中でご新規さんへの挨拶を兼ねた営業回りの段取りを組んでいたくらいだからな！　というかもう俺の性格上、おそらくこのまま働かないでいると、これ系の夢をずっと見続けることになると思うんだ。

それに、夢の中とかで知り合いに「お前、今何してんの？」とか言われた時、「……貴族」とか答えるのは無理だろう。想像だけでもキツすぎる。

だからせめて「今の俺は薬剤師だ！」と胸を張って言えるくらい、自分に自信を持ちたい。

元は神様からもらったチートだが、これをしっかりと使いこなして「これは自分のモノだ！」と誇りたい。

「異世界まで来て何を言ってるんだ？」と笑うがいい。

「思考が小市民だ」と笑うがいい。

それでも俺は、自分が成りたいモノに成るために手を伸ばす！

……これが成功するかどうかで、俺の異世界人生の全てが決まる。

燃えろ！　俺の小宇宙よっ！　そして喰らえ異世界！　これが俺の魂を込めた一撃だっ！

「成・分・摘・出っ！」

万感の思いを込めて手を伸ばし、エレンが持つ試験管の中の回復薬に向けてスキルを使うと、回復薬が淡く光を放った！

「やったか!?」

スキルを使ったせいだろうか？　微妙に倦怠感に襲われながらも目の前の回復薬を凝視していると、試験管の中から粉っぽいものや、ジェルっぽいものが出てきた！

それを見て（成功だ！）と思ったのも束の間、試験管から出てきた粉やジェルは重力に従い、パラパラ、ペチャリと、音を立てて絨毯《じゅうたん》の上に落下した。

「「…………」」

うん。そうだよね。容器を用意しないとこうなるよね。

冷静になった頭で己の行いにツッコミを入れていると、エレンが透明な水が入った試験管を持ちながら、空いた手で絨毯を指差す。

「……ご主人様？」

「……すまん」

真剣な目で「この絨毯、すごい高級品ですよ？」となかば血走った目で告げられた俺は、謝罪以外の言葉を口にすることができなかった。

結局、絨毯に落ちた成分は『浸透』の分しか摘出できず、残りは普通にエレンが掃除することになった。

うん、そりゃそうだよな。粉やジェルがそれぞれの成分の塊なんだから、それ以上抽出することはできないし、さらに絨毯に染み込んだ分は効能も何もないただの染みだし。

高級絨毯に付いた染みを必死で落とそうとしているエレンを手伝おうにも、俺が持つ染み抜きの技術なんざ、ワイシャツの染みができた部分の裏側に濡れタオルを当てながら、表面の部分を濡れタオルで一心不乱にポンポン叩く程度しか持っていないので、完全に足手まといになってしまう。

結局、「邪魔するくらいならじっとしていた方がいいだろう」と自分に言い聞かせた俺は、ベッドの上から四つん這いになって染みを落とそうとしているエレンを見やりつつ、先ほど使った〝成分分析〟と〝成分摘出〟について考察することにした。

まず分析・摘出できるのは薬効に関係あるものだけで、それも曖昧なところがある。

というのも、水の中にはミネラルだのカルシウムだのなんだのといろいろ含まれているはずだが、それについては分析どころか認識ができなかったからだ。いや、一応試験管の中に残った水が純水である可能性もないわけではないが、よく見ると下の部分に何か沈殿しているので、それもなさそうだ。

これらの事情から簡単に予想すると、この〝摘出〟は俺が〝分析〟で理解できたモノだけを抽出できるのではないだろうか？　と推察できる。

聞けば聖女や賢者も魔法に対する適性は極めて高いが、最初から特殊な魔法を習得しているわけではなく、学習して習得することで初めて魔法を覚えるらしい。つまり、俺の薬学に対する知識が増せば増すほど一つの薬品から得られる情報は増えるだろうし、情報が増えれば〝摘出〟できる成分も増えるということだ。

あとは〝摘出〟した際に倦怠感を感じたことから、おそらくスキルの使用には魔力も必要なんじゃないかな？　他にもは必要レベルとかもあるかもしれんけど、それは今後の課題だ。

なんというか、仮説に仮説を重ねているが、結局のところは数をこなしていくことで解決する問題だろう。というか、数をこなさないとデータが少なすぎるから仮説にもならんのよなぁ。

……これだと今の段階で高価な薬を使っても無意味。それどころか薬を無駄にすることになるから、しばらくは品質が劣化した薬を回してもらうとしよう。

取りあえずの方針を決めた俺は、なかなか染みが落ちなくて涙目になっているエレンに声をかけることにした。

「あ～エレン。取りあえずソレは諦めて別の話をしよう」

「あ、諦めるって！」

そんな簡単に言うなぁ！　と言わんばかりに声を張り上げるエレン。確かに侯爵の持ち物である高級絨毯を汚したら焦るのは分かるぞ？

しかし俺は「無理なものは無理なんだから、さっさとその労力を別に使うべきだ」と思うタイプの人間だし、絨毯ってもともと汚れるものだろ？　それに侯爵だってこれに目くじら立てるような狭量ではないだろうから、心配するだけ無駄だと思うんだ。

いや、流石に意図的に汚すような真似をしたら駄目だろうし、叱られるのが当然だとも思うけどな。絨毯を汚すことになった不幸な事故はともかくとして。

「取りあえず侯爵閣下へは俺が謝罪するから心配するな。あと、お前と妹を教育することができる侍女を借りる予定だから、その人に染み抜きの技術について聞いてみようと思う」

侯爵家の侍女なら、もしかしたら『スゴイ・シミヌキのジツ』とか言って新品同様にできるスキルとか習得してそうだし。

「な、なるほど。そういうおつもりでしたか。それなら……」

多少は冷静になったのか、エレンは四つん這い状態から立ち上がり、俺が座るベッドまで戻ってきた。

うむうむ。汚すことに慣れてしまって、汚れを見ても平然と無視するようになったら駄目だろうけど、焦り過ぎもよくないからな。

「まぁ取りあえず座れ」

「は、はぁ」

現時点で俺たちにはこれ以上絨毯にできることはない。そう判断した俺は、話の流れを変えるべく、エレンを隣に座らせて頭を撫でることにした。

どうも彼女は頭を撫でられるのが好きなタイプらしく、撫でられている時はすごく安らかな顔になるんだよな。なんというか、気難しい猫みたいな感じだ。

そんなある意味、失礼なことを思いながら彼女を撫でること少々。

次第にエレンも落ち着いてきたようで、それまで瞑っていた目を薄く開け、上目遣いになりながらおもむろに口を開いた。

「それで、別のお話とは？」

「そうだな。さっきも少し言ったが、この屋敷の管理についてだ」

「管理……あぁ、私と妹を教育できる方を雇うということでしたね？」

「そうだ。最初に言ったように、エレンがウチの女官の筆頭であることは変わらない。しかし、エレンはまだ若い。おそらくだが、侍女としてはまだまだ未熟なんだろ？」

なんだかんだ言っても、あの時王城にいたエレンを始めとしたメイドさんたちは接待要員《ハニトラ》として王城に召し上げられた存在である。そのため、優先されたのは侍女としての能力ではなく、若さと見目麗しさだったはず。

「それは、そうですね」

雇い主である俺から、正面からはっきりと「お前はまだ未熟者だよな？」と言われてしまったエレンは、強がるどころか若干悔しそうな表情をしつつも、俺の言葉を首肯《しゅこう》した。

自分の未熟を責める彼女の姿勢を好ましく思いながら、俺は努めて優しく語りかける。

「ま、エレンは若いんだから侯爵家に長年仕える侍女と比べて未熟なのは当然だ。だからこそしっかりと学んでほしいと思う」

「……はい」

俺の「学んでほしい」という言葉を受けて、自身の未熟さを責めていたエレンの目に光が戻ったことを見て取った俺は、次に考えていたことを提案するための質問をした。

「それと、エレンの実家のことなんだが」

「……何でしょう？」

俺の言葉を聞いたエレンは、思わぬことを聞かれた、というような顔をするが、使用人の実家のことを聞くのは、この時代そんなに意外なことでもないと思うんだがなぁ。何かあるのか？

「正確には、男爵家の当主である兄君のことについてだな」

「兄のこと、ですか？」

不安そうな顔をするが、あれか？　もしかしたら実家の悪評のせいで俺から解雇されると思っているのか？

さすがにそんなことでストレスを溜め込まれても困るので、さっさと話を進める。

「そうだ。不躾な質問になるが、エレンの兄君はもう再婚しているのかな？」

「え？　再婚ですか？」

あれ？　完全に予想外だったか。まあ俺が気にすることじゃないって言えばそうだからなぁ。

しかし、エレンが俺に仕えることになった今、無関係とは言えないだろう？

「そんなにおかしな質問か？　子爵家の次女だった元兄嫁と離縁した以上、再婚は必要だろ？

それとも前の嫁は後継ぎとか産んでいたのか？」

「い、いえ。２人の間に子供はおりませんでした。だからこそ離縁できたと言いますか」

あぁなるほど。子供がいた場合親権とか揉めるだろうし、場合によっては向こうの家に御家
を乗っ取られたりするからな。この辺もあとで調べる必要があるが、今はコッチを優先だな。

「なら、なおさら再婚は必要なんじゃないのか？」

世継ぎがいなければ御家取り潰しの可能性があるだろうし、場合によってはエレンや妹の子
に継がせるというのもあるが、それは兄としても面白くはないだろう。

「はい。それはそうです。ですが……」

「元兄嫁の実家の影響で、碌な相手がいないんだろ？」

「……そうです」

うむ。やはり妹やエレンと似たような感じか。

まぁこっちが男爵家なのに対して、向こうの実家は子爵家だしな。元兄嫁の行動も、見よう

によっては旦那を出世させるために頑張っただけと言えなくもないから、一方的な悪って断言できるわけでもない。

ただし、分際を弁えていなかったのは事実だから、無関係な者や心ある貴族連中からは距離を置かれるだろう。しかし自分の友人や知り合いには悲劇のヒロインぶっていれば、積極的な味方にはならんかもしれんが、敵視されることもないはず。

そうなれば娘の親である子爵としても、娘の行動に非があることを認めるような真似はしないだろうから、結局エレンの兄と父親が悪者にされるわけだ。

そして子爵に目の敵にされている落ち目の男爵家に、娘をやるような親はいない。

一時期は借金もあったって話だからなおさらだよな。ま、そんな状況だからこそ、狙い目でもあるわけなのだが。

「できるかどうかは確認が必要だが、侯爵から傘下の貴族の娘さんを紹介できないかどうか聞いてみようと思う。それについてはどう思う？」

「え？　な、なんで……」

なんでそこまでって？　変に勘繰られる前に説明をしておこう。

「エレンも理解しているだろうが、現時点で俺はとても絶妙なバランスの上に立っている」

「は、はい」

異世界から召喚された勇者の一味にして、王家公認で侯爵の客人となり、貴族の立場を与えられた人間だからな。叩けば埃《ほこり》が出るどころじゃねぇよ。

「そんな感じだから、俺や、俺に関わる人間には厳重なチェックが必要になる。今回俺がエレンをあっさりと引き抜けたのは、お前がもともとそういう役割を与えられていたからだ」

当然身元のチェックなども行われていたからこそ、王家も侯爵も認めたんだよな。

「そうですね。……あぁ、そういうことですか」

気付いたか？　さすがに王城に召し上げられるだけあって、見た目だけじゃなく頭の回転も早いんだよな。本当によい拾い物をしたと思うが、彼女の頭の回転を褒めるのはあとだ。

「そうだ。では俺に関する情報を得ようとする人間は、誰からその情報を得ようとすると思う？」

「私ですね。そのために兄や妹を利用される場合もあります」

「その通り」

そうなんだよ。俺の存在を知る人間は少ないが、エレンのことを知っている人間は少なくない。そしてエレンは俺と一緒に侯爵家の所有する邸宅にいるから狙えない。ここまで考えれば、俺がエレンの家族に気を使う理由も分かるだろう？

「だからまず、自衛ができないであろうエレンの妹を雇い入れる形で保護する。で、男爵家の当主である兄には、侯爵家との関係者と婚姻関係を結んでもらうことで、その穴を塞ぎたいと思っているんだ」

つまり妹を雇い入れるのも、兄に結婚相手を斡旋《あっせん》するのも、あくまで俺の都合。

「幻滅したか？」

「いいえ。……惚れ直しました」

「ん？　おっと」

◆◇◆◇◆

「惚れ直した」の部分を小声で言いながら、エレンは神城に抱きついた。

エレンにとって、というか貴族にとって結婚に打算があり、相手に甲斐性を求めるのは当然のことだ。そのうえで妹を保護してもらえるというのは純粋にありがたいし、現当主の兄には家を継がせるべき嫡子がいないので、再婚する必要があるのも事実。さらにその結婚によって侯爵家とわずかでも伝手ができると言うなら、エレンに反対する理由などあるはずがない。

あとの懸念は現在兄が誰かと恋仲にある場合だが、それはそれで自分が神城の情報を回さずに祝福すればいいだけのことだ。

このように、自分たちが抱えていた問題を全部解決してくれる神城に対して、失望や幻滅することなどあり得ない。

エレンは当たり前のように自分たちを救ってくれようとする神城に深く感謝し、その神城と出会うことができた幸運を神に感謝し、そして神城を選んだ自分の目と判断を誇りに思いながら、神城を決して逃がさぬように強く抱きしめるのであった。

◆◇◆◇◆

神城とエレンが、再度屋敷に備え付けられていた寝具の使い心地を確認したあとのこと。

王城に用意されている執務室で作業をしていたラインハルトは、家の者から報告を受け取っていた。

「ほう、それでは神城は侍女の妹を雇いたいと言ってきたのか？」

「はっ。それからご当主様には『まずは年収２５０万シェンで働いてくれて、２人に指導もできる経験豊富な侍女を紹介してほしい』とのことでした」

「……なるほど。そう来たか」

あの邸宅であれば侍女は１人では足りないし、何よりこの国では男爵は最低２人の使用人を雇う義務がある。ラインハルトとしてはその常識を利用して神城の元にもう一人自分の息のかかった女性を手配しようとしていたのだが、見事に先手を取られてしまった形になった。

特にラインハルトが上手いと思ったのは、その人選だ。

もともと神城が引き抜いたエレンは、王家によって召喚者を歓待するために用意された人員である。それはつまり、身辺調査も抜かりなく行っているということを意味する。

そして王家によって身辺調査が行われた以上、当然その家族は他者からの影響など受けていないし、後ろに怪しい組織が付いているという可能性は限りなく低い。

さらに神城の立場は機密が絡む案件になるので、侍女であるエレンからその家族に情報が漏れる可能性を考えれば、家族も抱え込んでしまった方が都合がいいと言われてしまえば、ローレンにも王家にも返す言葉はない。

加えて、あの規模の邸宅であれば侍女は3人いれば十分なので、これ以上女性を送り込む名目がない。しかも向こうからの要望は「教育もできる経験豊富な侍女」である。

この場合、経験豊富が意味するのは高齢ということだし、ここまで言われて下手な人間を送っては侯爵としての沽券《こけん》にも関わる。

故に、この件では侯爵家として真摯に人選を行う必要があるので、侍女を使った神城に対するハニートラップは不可能となるわけだ。

あとは男性の使用人として執事を付けることになるのだが、こちらについては神城は初めからラインハルトに一任しているので、決してラインハルトを軽んじているわけではない。

神城はただ女関係に楔を打ち込んできただけだ。

ある意味かわいげがないとも言えるが、神城の立場を考えれば、隙だらけのアホよりはこちらの方が好ましいのも事実であるので、ラインハルトは素直に神城を賞賛することにした。

「その件については問題ない。他に何か言っていたか？」

ほしいものがあれば遠慮なく言うように伝えているし、向こうも限度は知っているが必要以上に遠慮するような人間ではないので（変に遠慮をすると関係が悪化することを理解しているとも言う）、何かしらの要望が挙げられているだろうと予想したのだが、その予想は当たっていた。

「はっ。神城様からは、まず研究のために薬を一定数ほしいと言われております」

「うむ。薬は望むだけ用意させるように。それで他にも何かあるか？」

それは予想していた。何せ今の神城には現金の持ち合わせがないし、商人や薬師にも伝手がない。故によほどの高級品でない限り、こちらで用意することに異論はない。

気になるのは向こうの執事が「まず」と言い添えたことだ。つまり神城からの要求は一つではないということになる。

衣食住を手に入れた彼が、自分に何を望むのか？　それによっていまだに正確に掴み切れていない神城の為人を理解することができると思ったのだ。

しかし神城からの要望はラインハルトの予想したものとは、その方向性がまるで違っていた。

『はっ。ご当主様に、侍女の兄である男爵に嫁を紹介してほしいとのことでございました』

「嫁を？　……あぁなるほど」

ラインハルトは意表を突かれた驚きを表に出さぬように堪えて、なんとかそう言葉を絞り出しながら、神城からの要望の意図を汲《く》み取る。

まずは、妹と同様に情報の漏洩を抑え込む意図があるのだろう。

エレンの実家の事情は王家が既に調査済みの資料を見れば分かるが、彼女の兄は先頃先代が死亡したために家と爵位を継いだばかりの22歳の若者だ。

彼には多額の借金があるようだが、それは元嫁が分際を弁えない夢を抱いた結果によるものだとラインハルトは結論付けている。故にこの件で咎められる対象がいるとしたら、それは保証人となっていた先代の男爵であると判断していた。

なので、今の当主である青年に対しては、なんらかの瑕疵《かし》があるとは思っていない。そう。貴族的な価値観から見れば、借金の原因は元嫁ではなくエレンの父である先代の男爵なのだ。

そう考えられる根拠としては、そもそも『旦那を出世させるためにサロンなどに出て上司の奥方に接触する』という元嫁の行動は、何一つ間違っていないことが挙げられる。

それが自己の虚栄心を満たそうとする行為であっても、結果的に旦那が出世するのであれば決して悪い手ではない。それどころか、常道とも言える手段だ。

ただ、元嫁自身も20歳未満の少女であり未熟で世間を知らなかったがために、働きかけるべき相手や、効果的な方法を知らず成果を出せなかっただけの話である。

こう考えれば『分不相応な夢を抱きながら、その夢を叶えるための工作を未熟な少女に放り投げた』先代男爵が一番悪い。という結論に至るのも当然の話だろう。

なにせ本気で彼女を止める気があるのならば、先代が保証人にならなければいいだけの話だったのだ。いくら子爵家の次女で男爵家の嫡男の嫁であっても、保証人がいなければ商人も金など貸さぬのだから。

ついでに言えば、元嫁のミスはもう一つある。それは彼女が離縁された際、自身を被害者、男爵家を加害者として、一方的に糾弾したことだ。

確かに貴族の価値観として彼女の行った行為は間違ったことではない。しかし多額の金を使いながらも成果を出せず、男爵家を経済的に傾けたのも事実である。故にこの場合の正しい態度としては、周囲に対して自身の失敗を反省している様子を見せつつ、離縁されたことを嘆くだけでよかったのだ。

そうすれば彼女は『頑張ったけど結果を出せなかった可哀想な女性』という扱いを受けることができたはずだし、男性からも普通に同情を集めることができただろう。再婚も不可能ではなかったと思う。

しかし、虚栄心が暴走したのか、自らの過ちを認めることができなかったのかは知らないが、彼女は自分の行動を棚に上げて男爵家を糾弾してしまった。

これにより心ある貴族は彼女や彼女の実家の子爵家から距離を取り始めたし、子爵令嬢と親しいものや子爵家の影響力を恐れる下級の貴族たちも男爵家と距離を置くことになった。

これに関しては、もうなんというか、具体的な展望もなく、分不相応な夢を見たがゆえに双方が不幸になった好例と言えなくもない。

今からできるのは、旦那であった嫡男が「もっと強く止めればよかったのではないか？」と反省するくらいだろうか？　しかし、その嫡男とて当時は20歳未満の青年であったことを考えれば、先代と嫁の暴走を止めるのは難しいだろう。さらに言えば嫡男本人も少なからず自身が出世することを夢見ていただろうから、全くの無責任とも言えない。

まぁ結局は、先代と若い嫡男夫妻が分不相応な夢を見て、関係者全員が痛い目にあった。それだけの話だ。

故に資料を見た侯爵から見たエレンの兄に対する評価は、プラスでもマイナスでもない存在である。そんな相手に嫁を紹介した場合のメリットとデメリットとしては以下が挙げられる。
メリットとしては——
①侍女の家族を全員抱えることで、情報の秘匿ができる
②神城の要望を叶えることで、彼に貸しを作ることができる
③傘下の貴族で嫁ぎ先を探している者に、男爵家の嫡男という相手をあてがうことができる
反対にデメリットとしては——
・元嫁の実家である子爵家と、その関係者との関係が多少悪くなるかもしれない
といった程度のことだろうか。

もし嫁を紹介しなかった場合は、以上のメリット・デメリットは全て消えるが新たに——
①情報の秘匿に穴が空く
②神城から悪感情を抱かれる
というデメリットが生じることになる。

問題はやはり神城からの悪感情だ。

ラインハルトにとって神城は異国の貴族であり、客人であるが、それ以外にも異世界から召喚された存在であり、常備薬システムという新たな儲け話を提供してくれた存在だ。他にもどのような腹案があるか分からない以上、彼は最上級の客人として扱う必要がある。

今のラインハルトの心情を言葉に表すなら『奇貨居《きかお》くべし』という一言に集約されるだろう。

ついでに言えば、広大な領土を持ち、自身も軍務大臣を務める侯爵であるローレンからすれば、王都の木っ端子爵から敵意を向けられようと痛くも痒くもないので、むしろ彼らが暴走して男爵家に何かをしようとしてきたら、それを叩き潰すことで神城に恩を売れるくらいだ。

そこまで考えたラインハルトは『その男爵は抱え込んだ方がいい』と判断を下す。

「よかろう。ではその願いも叶えると伝えよ。あぁ、相手の選別には少し時間をもらうとも伝えてくれ」

「はっ」

己が仲介した婚姻を、男爵位を継いだばかりの若造ごときに断らせる気は毛頭ないが、下手な相手を送ってしまい神城から恨まれては意味がない。よって、ローレンは多少の時間をかけてでもしっかりとした人員を選別するつもりである。

彼が子爵や男爵のいざこざに興味を抱くことはなく、ただ神城へ貸しを作ることだけを考えてこの決定を下すのも当然と言えば当然のことであろう。

——しかし、この決定が元でのちにある騒動が発生することになるのだが、神ならぬ身であるラインハルトには現時点でそのことを予想することはできなかった。

7章　ある男爵家でのお話

王都の法衣男爵であるトロスト男爵家の屋敷では、今年15になる少女が侍女の仕事をしている。その少女は使用人の家族ではなく、先年男爵となった青年当主の妹であった。

本来この年頃の王都の貴族の娘ならば、他家で婿探しと花嫁修業を兼ねた行儀見習いの修行をしているのだが、彼女は家の諸事情により修行先が見つかっておらず、今はやむなく自宅で修行をしているところであった。

「はぁ～」

そんな彼女は仕事中だと分かっていても、どうしても己の内から込み上げてくる溜息を堪えることができずにいた。

「お嬢様……」

彼女の修行を見ている使用人としても、本当なら叱るべきだと分かっているのだが、相手は雇い人の妹であり、生まれた頃から知っている相手だし、溜息をつきたくなる気持ちも理解しているので、どうしても厳しく当たれずにいた。

こういった感情が修行のじゃまになるからこそ、貴族の令嬢は他家で修行をするのだが、今の男爵家にはそれができない事情があるため、結局少女は自分の家で修行せざるを得ない状況であった。

だが、この王国において男爵家程度の家格にもかかわらず他家に修行に出てないうえに、最低限の技能を修めていない娘というのは、貴族の中で認められることはない。故に少女はまともな相手と結婚できる可能性は極めて低く、良くてどこぞの貴族の妾にしかなれないのだ。

もしも、万が一にも結婚してくれる相手が見つかったとしても、相手の家での立場はすこぶる悪くなることは目に見えている。

姑然り、小姑然り、相手の家の従者然り。嫁ぎ先の女性全員に軽んじられるのだ。

それはもはや技能の有無ではなく『他家で修行する』という常識的な義務を果たしていないことから発生するものなので、少女が自分の家でどれだけまじめにやって、どれだけ優れた技能を身に付けようとも、その未来を避けることはできない。

つまり現在の少女に残されている道は、それなりの家の人間から妾や愛人として養われるか、男爵家と同等か下の家に嫁いで嫌がらせを受けるか、の2択しかないのだ。

……ちなみに妾や愛人になっても正妻や側室から嫌がらせを受けることはほぼ確実であり、さらにタチが悪いのは、そんな最悪の未来が少女の目の前に見えていることだろう。

少女にしてみたら現時点でさえ『いくら頑張っても自分は目の前にあるお先真っ暗な穴に落

ちるしかない』と分かっているのだ。加えて彼女は穴に向かって歩いている最中であることを自覚しながら、このような状況でも「よし！　不貞腐《ふてくさ》れていないで頑張ろう！」などと思えるような楽観的な人間ではなかったし、少女に教えを授けている使用人も、この状況で少女に対し「不貞腐れずに頑張りなさい」と言えるほど強い人間ではなかった。

「はぁ～」

だからと言って、今も懸命に働く兄や、父を失って気を落としている母に文句を言うわけにもいかず、さらに自分の姉が家と家族を守るために身売り同然の真似をしたことも知っているので、弱音を吐くことも憚《はばか》られる。

結果として少女は今日も溜息をつきながら、代わり映えのしない暗闇に向けて歩くだけの日々を送るのだ。

……そう思っていたある日のこと。トロスト男爵家の屋敷に誰もが予期せぬ客人が訪れた。

「ただいま」

前触れもなく突然に家を訪問してきた客人が、自分がドアを開けるより先に勝手にドアを開けて開口一番にそう言い放ったものだから、少女は思わず動きと思考を止めてしまった。

「？」

……客人の来訪を理解しながらもいまだ呆然とする少女。そこにいるはずがない人からの、かけてもらえるはずのない言葉が聞こえてきたのだから、それも仕方のないことかもしれない。

しかしながら、客人を前に思考停止をしては侍女失格だ。故に、自身も侍女としての教えを受けている客人は、自分を目にしてポカンと口を開ける少女に、気さくに声をかけた。

「ほらほら、ヘレナ。『お帰りなさい』とか『いらっしゃいませ』はないの？」

「え？　お、お姉ちゃん？　なんで⁉」

「なんでって、私が実家に帰ってきたらおかしいのかしら？」

「い、いや、おかしくはないけど……って違う！　や、やっぱりおかしいでしょ！」

少女の目の前で朗らかに笑う客人は、少女の2歳年上の姉、エレンであった。そしてそんなエレンにからかわれている少女の名は、エレンの妹で名をヘレナと言った。

そのヘレナは、当然姉のエレンが元兄嫁が作った借金を返済するために、王家から依頼された特殊任務に就いていることを知っている。

さらにしばらくは王城から出られないはずであるということも、だ。

だからこそ姉が王城へ上がる日に（これが今生の別れになるかもしれない）と考え、家のために己の身を捨てた姉の背を涙を流しながら見送ったのだ。

それ以来、ヘレナは姉を失った悲しみや、今もって何もできない無力な自分への憤りと約束された暗い未来、加えて贅沢ではないが幸せだった家庭を崩壊させた元兄嫁への恨みなど、さまざまな思いを胸の奥で燻《くすぶ》らせながら日々を過ごしていた。

そんなところに、別れた時とは全然違う、痩せ我慢ではなく本当の笑顔を向けてくる姉が現れたのだ。それを驚くなと言う方が無理だし、それとは別に、ヘレナにはもう一つ思うところがあった。

(なんかお姉ちゃん、前より綺麗になってない?)

もともとエレンは王城から特殊任務の依頼が来るほどには見目麗しかったのだが、それが1年少しで自分の記憶以上に綺麗になっていることで、一瞬本物かどうかを疑ったというのもヘレナがエレンを前にして思考停止した一因であった。

まぁなんやかんや言ってヘレナもエレンの妹なので磨けば光る珠ではあるのだが、今のトロスト男爵家には彼女の美貌を磨くだけの金銭的な余裕がないし、何より彼女自身が鬱屈した日々を送っていることで性格にも陰ができてしまっていたため、どうしてもマイナス補正がかかってしまっているのだ。

……そのおかげというかなんというか。

最近の彼女はことにやさぐれた感じだったため、花嫁修業先として彼女を迎え入れたあとで食い物にしようとしていた貴族たちも、今はその数を減らしていると言うのだから、一概に悪影響しかないとは言い切れないところがあった。

だが、それも今までの話。

(よかった。まだ家にいてくれた)

エレンは今、妹が下卑た貴族たちの毒牙にかかっていないことを心から安堵していた。

「私の事情はあとで話すわね。まずはお兄様とお話したいのだけど、今いらっしゃるかしら?」

「え? あぁお兄ちゃんなら今日はお休みだから、書斎にいるけど」

「そう? じゃあ案内してもらえるかしら?」

「案内?」

「……なんで不思議そうな顔してるのよ。あなた、侍女の修行中なんじゃないの?」

自分の言葉に(なぜ自分が家の中を知り尽くしているお姉ちゃんをお兄ちゃんのところに案内しなきゃいけないんだろう?)と心から不思議そうにしている妹に対して、エレンは溜息を堪えながらツッコミを入れる。

「あっ!」

言われてみれば、確かに相手は姉とはいえ今は客人だし、その客人が会いにきたのは兄とはいえ男爵家の当主である。ならば使用人は当主に客人の来訪を伝え、案内する必要があるのだ。

当主への連絡は、既にヘレナの面倒を見ていた使用人が行っているだろうから、ヘレナの仕事はエレンを案内することである。それをエレンに言われて思い出したヘレナは、神妙な顔を取り繕って客人に頭を下げる。

「大変失礼致しました。只今ご当主様へお伺いを立てさせますので、こちらで少々お待ちいただけますでしょうか」

そう言って応接間へと案内しようとするヘレナに対し、エレンは柔らかい笑みを浮かべて頭を下げながら、承諾の意を示す。

「えぇ。急な来訪で申しわけございませんが、何卒よろしくお願いいたします」

「かしこまりました。ではこちらへどうぞ」

「失礼します」

家族内のおままごとのようなものではあるが、だからこそ真剣にやる必要がある。失敗しても笑って許される接客の経験など早々得られるものではないのだから。

そうして応接間に入ったあと、客人から侍女見習いの少女に対して大量のダメ出しが入り、侍女見習いの少女が半泣きすることになる。

その涙が客人からの容赦のない指摘のせいなのか、それとも他に理由があるのか。それを知るのは少女本人と、涙を堪えながらさまざまな指摘をしていた客人だけであった。

「お久しぶりです、お兄様」

「う、うむ。久しいな」

朗らかな表情で挨拶をするエレンに対し、挨拶を受けたトロスト男爵ことマリウスは、なんとも言い難い表情でその挨拶を受けていた。

久しぶりの兄妹の再会なのにマリウスがこのような表情をするのは、この2人の兄妹仲が悪いからではない。むしろ家族仲・兄妹仲がよかったからこそ、己の嫁のせいで家計が傾いてしまったこと、自分は男爵家を継いでおきながらエレンを王城へ身売りさせてしまったこと、そして残されたヘレナにも碌な修行先も見つけてやることができないということ。これらのことから、自身の不甲斐なさや妹への後ろめたさが、マリウスの表情を曇らせているのだ。

さらに、エレンもヘレナも元凶の一端である自分や母に対して、一切の文句も言わずに我慢してくれていることが、マリウスのやるせなさを加速させている一因でもある。

かと言って彼女らに「俺を責めてもよいのだぞ？」と言ったところで、それで現状が改善されるわけでもない。ならば自分は、どの面下げて妹と接すればいいのか。

このような気持ちを抱きながらマリウスは日々を暮らしてきたのだ。そこに身売りしたはずの妹が現れたのだから、どのような表情をしていいか分からず、結果としてなんとも言い難い表情になってしまったのである。

当然、エレンはマリウスのそんな気持ちは十分に理解しているので、その態度に特に何かを言うつもりはなかった。

ヘレナの手前我慢していたが、エレンとて人間である。王城へ上がることになった当時はマリウスや亡き父親に対して恨み言もあったし、元兄嫁を殺したいほど憎んでいた。

しかし、今はそのような気持ちはない。

結果論ではあるが、結果的に王城に召し上げられたことでエレンは神城という主人に出会えたし、その神城のおかげでヘレナやマリウスに明るい未来を提供できるのだ。故にエレンは、感謝……はしていないが、その恨みを水に流すくらいはしてもいいと思っている。

まぁ、もしもヘレナが他の貴族家に修行という名目で身売りさせられていたら、その決定を下したマリウスを殴りつけて「トロスト男爵家に救う価値はない！」と神城に直訴していたところだが、それもあくまで可能性の話。

マリウスは、兄として、男爵家の当主としてヘレナを放逐しなかった。それが全てだ。

「本当はお兄様やヘレナと話したいことがたくさんあるのですが、先に今の私の主からのご用向きをお伝えさせていただきます」

「主？　……い、いや。よろしく頼む」

一瞬、王家に出仕したはずのエレンが「主」と呼ぶ人物とは誰だ？　と思ったマリウスだったが、どう考えてもその相手が自分より上の立場の人間であることは分かるので、まずは彼女の話を聞くことにした。

「それでは。この度私は、我が主である神城準男爵様より『トロスト男爵家のヘレナ嬢を行儀見習いとして受け入れてもいい』というお言葉と、『トロスト男爵閣下に対して配偶者を紹介したい』というお言葉を賜《たまわ》っております」

「「は？」」

エレンが何を言うか身構えていたマリウスと、エレンに言われてこの場に同席しているヘレナは揃って声を上げた。

そんな2人の反応に「そうなるわよねぇ」と内心で呟きながら、エレンは追撃を加える。

「また、準男爵様がトロスト男爵閣下にご紹介くださる方は、ローレン軍務大臣閣下の傘下の貴族家の令嬢となります。さらにヘレナ嬢に指導をしてくださる方は、軍務大臣閣下よりご紹介いただく手筈《てはず》となっておりまして、もしもヘレナ嬢が望むなら私と共に修行を行う形となります」

「「……はぁ!?」」

エレンからの提案を脳内で反芻《はんすう》したマリウスとヘレナは、その言葉の意味を理解すると同時に、兄妹揃って驚愕の声を上げたのであった。

◆◇◆◇◆

「軍務大臣閣下だと⁉　エレンっ！　それは冗談でも出していい名ではないぞ！」

「……えっと？」

驚きのあまり声を上げてしまったが、事実我々のような立場の人間が容易に軍務大臣閣下の名を口にするなどあってはならないことだ。

しかし、何かの間違いなら今のうちに訂正するように言い募った私に対して、妹のエレンは何のこともないように言葉を紡ぐ。

「無論存じ上げております。このお話は既に軍務大臣閣下からも了承を得ているのですから」

「なん……だと……」

エレンの主人が準男爵であるのは、まぁよいだろう。その準男爵がヘレナの修行先として名乗りを上げてくれたというのも、素直にありがたい話なので特に言うことはない。

最大の問題は、私の配偶者についてだ。

確かに妻と離縁しており、子がいない以上は再婚して子を為す必要があるのは事実だ。しかし、今の我が家には一時期ほどの借金こそないものの、男爵家として必要なものも持ち合わせてはいないのだ。さらにヘレナのこともある。

このような状況では、到底我が家には嫁を迎える余裕などない。故に母上には悪いとは思っているが再婚については考えないようにしていたのだぞ。それなのに向こうから紹介してくる？　それを軍務大臣閣下が認めているだと？　どういうことだ？

「お兄様の気持ちは分かります。今回の件につきましては、全てが私の主となった神城準男爵様が私の事情を慮《おもんぱか》って軍務大臣閣下に働きかけてくださったのですよ」

「……なるほど」

私が疑問に思っていることに察しが付いているのだろう。エレンは薄く笑いながら、事情を説明してくれた。この様子だと無理やり言わされているような感じではない、な。それに間違いなく我らにとってはいい話だから、こうして笑みを浮かべるのも分からんではない。

ただ、問題はその神城という準男爵だ。私も王城にいる貴族の全てを知っているわけではないが、そのような者の名は聞いたことがない。

軍務大臣閣下に直接物申すことができるということは、軍務大臣閣下に仕える騎士か？　だが、それだと王家に召し上げられたはずのエレンの主人になるというのが分からん。

しかし、もともとエレンが受けたのは家族にも内容を語れない極秘任務だから、それに言及するわけにはいかんということは分かる。

では考えるべきは、この話を受けた場合と断った場合に生じる損得だろう。

エレンの事情はひとまず脇に置くことにして、私は己とトロスト男爵家のために何が最適なのかを考えることにした。

この話に乗れば、ヘレナは修行先を見つけることができるし、私も伴侶を得られる。それもローレン軍務大臣閣下との繋がりがある貴族を、だ。

この話が本当なら間違いなく我がトロスト男爵家は、王都にいくらでもいる木っ端の法衣貴族から脱却できる……い、いや、そのようなことを考えた結果が以前の失敗ではないか！　まずは家の存続が第一！　出世について考えるのは自分の足で立てるようになってからだ。

◆◇◆◇◆

両親と元嫁が主な元凶ではあるが、彼女らを掣肘しなかった自分も無罪ではない。ここ最近、どんどん以前の明るさを失っていくヘレナを見て自分の罪を認識していたマリウスは、本当の被害者である妹たちを前にして、出世という危険な思考を振り捨てた。

ちなみに、もしもマリウスがローレンとの縁を持ったことで懲りずに出世を望むような態度を取った場合は、ローレンや神城から切り捨てられることが確定していたので、この決断は英断と言えよう。

そんな隠れた英断をしながらも悩むマリウスとは別に、もう一人の当事者であるヘレナはエレンの提案に目を輝かせていた。

「私は行くよっ！　行く行く行く、ぜぇーーーったいに行くからねっ！」

侍女としての立場をかなぐり捨て、ヘレナは青少年が聞いたら思わず前屈みになりそうな言葉を連呼してエレンに詰め寄る。

マリウスはいきなり自己主張をし出したヘレナに驚きを覚えたが、(彼女の事情を考えればそれも仕方のないことか）と思い、ヘレナの行動を咎めることができなかった。

なにせヘレナにしてみればエレンの提案は、奈落に堕ちるしかなかった自分の前に垂らされた蜘蛛《くも》の糸そのもの（実際は特殊繊維で編みこまれたワイヤーだが）。それを掴まなければ奈落に落ちるしかないのだから、ヘレナの中では既に「お姉ちゃんの提案を断るなんてとんでもない！」という結論が出ていた。

加えて彼女の場合は、マリウスと違って修行先である準男爵のことを知らないのは不安材料にはならない。なぜならもともと貴族の子女が修行に出る場合、その先は親や当主が決めるというのが一般的であり、当人が修行先の貴族を選べるというケースはほとんどないからだ。

だが今回の場合は話は別。準男爵の下で修行するとなれば、エレンと一緒に修行ができるということが確定している。つまり最低でも相手の人間性は保証されているということになる。

さらに指導役が侯爵家の関係者というのもいい。

それと言うのも、今回の場合、将来ヘレナがどこかで自分の修行先を聞かれた際に「修行先は準男爵家です」と答えられるだけでなく、それに「指導役はローレン侯爵家から派遣されてきた人でした！」と付け加えることができるからだ。

つまりヘレナにとってエレンの提案は損得勘定をするまでもなく得しかないので、絶対に行くという結論に至るのは考えるまでもないことであった。

そしてこのヘレナの反応は、彼女を迎えにきたエレンが望んでいた反応でもある。そのためエレンはヘレナの出仕先の決定権を持つマリウスに対して決断を促すことにした。

「ヘレナはこう言ってますが、お兄様もそれでよろしいですか？」

「……そうだな。修行に出すことについて文句はない。むしろぜひお願いしたい（というか駄目と言ってもエレンに付いていきそうだがな）」

エレンに抱きつきながら「分かってるよね？」と睨みを利かせてくるヘレナの態度に苦笑いを堪えながら、マリウスはヘレナの修行を認めた。

「承りました。では正式に神城準男爵家でヘレナをお預かりさせていただきます」

「やったぁ！　ありがとう！　ありがとう、お姉ちゃん！」

無事に蜘蛛の糸を掴み、天国への片道切符を手に入れたヘレナは、涙を流してエレンに抱きつき謝意を述べる。そして守るべき妹を確保できたエレンは、その妹をあやしながら、マリウスへ視線を向ける。

「……お兄様。見ず知らずのご主人様からの提案を警戒する気持ちも分かります。ですが……」

「あぁ。分かっている」

損得勘定云々ではない。向こうは軍務大臣を動かしてまでこちらに手を差し伸べてくれたのだ。それを断ったなら向こうの顔を潰すだけではなく、軍務大臣からの敵意も買ってしまう。ただでさえ歯牙にもかけられていない木っ端貴族が、現役の侯爵家当主であり軍務大臣でもあるローレンから敵意を向けられたなら、その噂だけで家が潰れてしまう。

故に、マリウスにはその提案を断るという選択肢は最初からなかった。

「……申しわけございません」

全てを察して提案を受け入れる覚悟を決めたマリウスに、エレンはおもむろに頭を下げる。

「何を謝る？」

「お兄様を罠に嵌《は》めたような形になってしまいました」

生まじめなエレンはそこを気に病んでいたのだろう。だがこの謝罪は的外れと言わざるを得ない。

「何を言う。お前たちを苦境に陥れたことに私から謝罪することはあっても、私たちを助けるために動いたお前が謝罪する必要などない。……すまなかった、エレン。そして、ありがとう」

「お兄様……」

実際、エレンを雇い入れてくれた上に、ヘレナを受け入れてくれるというだけでも自分は救われたのだ。それにこの婚姻についても、侯爵家が自分を罠に嵌める理由はないし、自分に恩を着せたところで準男爵にも得はない。

おそらくエレンはその準男爵の女になったのだろう。そして準男爵は自分の女のために動いた。つまり、あくまで自分はエレンのついでに救われたということだ。

一人の男として、そのことを悔しく思う気持ちがないわけではない。しかし、もともと自分たちの失策で妹たちを苦しめていたことを考えれば、文句を言う筋合いでもない。せめて兄として「妹を幸せにしてくれ」と心の中でその男に頼むだけである。

万感の思いを込めて頭を下げるマリウスと、その思いを汲み取って涙ながらに微笑むエレン。そんなエレンに抱きつきながら、自分たち家族が救われたことに喜びの涙を流すヘレナ。

この日、王都にあるとある男爵家において、それぞれの新たな門出を祝う宴が開かれることとなった。そこには、かつてエレンが王城へ赴いた時のような悲痛な空気はなく、久方ぶりに家族全員が笑顔を浮かべられることを喜ぶ幸せな空気で溢れていたという。

8章　侯爵の決断

神城がエレンと共に、ラインハルトから与えられた屋敷に備え付けられていた寝具の確認を終え、彼女を実家に送り出したのとほぼ同時期のこと。

神城から御者に伝えられた要望を耳にしたラインハルトは、その日の仕事を全てキャンセルし王都に構えているローレン侯爵家の邸宅へと帰宅することにした。

そこで己を出迎えた母や妻から向けられた「なぜこの時間に急遽帰宅したのか？」という疑問が篭った視線をスルーしつつ、やや強引に家族への挨拶を切り上げたラインハルトは、己の執務室に一人の使用人を呼び出していた。

(さて、これからが大変だ)

己の城ともいえる自宅の、さらに己の執務室という完全に自分のホームとも言える場所に陣取ったにもかかわらず、なおも緊張するラインハルト。

その様子は、部屋に控えていた従者がのちに「あの時のラインハルト様は、まるでこれから戦場へと赴くかのようなお姿だった」と回顧するほどのものであったという。

侯爵という王国でも指折りの大貴族であるラインハルトが、王や宰相、そして神城との交渉を行っていた時よりもよほど緊張しているように見えたのは従者の気のせいではない。

実際にラインハルトはこれから来る使用人との会話を想定し、緊張の真っただ中にあったのだから。

ラインハルトからすれば、王も宰相も所詮は他人であり、自分に対して一定の遠慮を必要とする立場だし、神城に至っては部下のようなものなので、それほど気を遣う必要がない相手だ。

しかし、これからやってくる相手はそうではないのだ。

(よしっ！　覚悟はできた。いつでも来いっ！)

これからの交渉を想定して気合を入れ直したラインハルトの耳に、覚悟が決まるのを待ち構えていたかのようなタイミングでコンコンと執務室のドアを叩く音が響く。

「ラインハルト様。ルイーザ様がお越しになりました」

「そ、そうか。では入れてくれ」

「はっ」

ラインハルトからの指示を受け、従者が来客を執務室へと誘《いざな》う。

その従者の様子をチェックしながら入出してきたのは、もうすぐ60歳になろうかという、銀髪の女性であった。

「失礼します。私をお呼びとのことでしたが？」

「う、うむ。わざわざ呼び立ててすまぬな」

「……使用人を呼んだからといって謝罪されても困ります。そもそもですね、前触れもなく突然お戻りになられたかと思ったら、奥様《ラインハルトの母》や奥方様《ラインハルトの妻》へのご挨拶を軽く済ませ、そのうえでこの私をお呼び出しとは何事ですか。……いえ、昨日今日ローレン侯爵家の当主となったわけでもない坊ちゃんがこのような不調法をするのですから、何かしら大事が発生したのだとは、このルイーザも理解しておりますよ？」

「そ、そうか」

「ですがね？　大事が発生した時こそ落ち着いて、いつも通りの態度を見せることが、由緒正しきローレン侯爵家の当主に求められる気品というものではないかと私《わたくし》めは愚考いたします。そこのところを坊ちゃんはどのようにお考えでしょうか？」

「あ、あ〜うむ。少し軽率だったな。うん」

「少し？」

「……軽率だった。あとで母上やヒルダにはあらためて挨拶をしよう」

「それがよろしゅうございます」

「……うむ（はぁ。本題を話す前から疲れた）」

完全にラインハルトを子供扱いして開口一番に説教を始めた銀髪の老女の名はルイーザ。

侯爵家の侍女長であり、今は後進の育成に当たっているので直接ラインハルトと関わることは少なくなっているが、ラインハルトの母親の親友とも呼べる存在であり、ラインハルトと彼の姉も、そしてラインハルトの子供たちも生まれた時から面倒を見てもらっている相手であり、ある意味では侯爵家の全権を握る女性であった。

「それで、ご用件はなんでしょうか？　奥様や奥方様にもご内密なお話なのですよね？」

「あぁ、うん。そうだな。今はまだ内密だ」

「……ちなみに」

「ん？」

「過去に我々にも内密に囲っていた方がいて『今更その方との間に生まれたご落胤《隠し子》が見つかった』などといったご相談の場合は、即座に奥様や奥方様に報告させていただきますよ」

「そんなわけあるかっ！」

冷たい目をしながらあっさりとラインハルトを見捨てる宣言をするルイーザ。彼女が侯爵家へ捧げる忠義に疑いはないが、肝心のラインハルトの信用は皆無であった。

これは、彼女がラインハルトを生まれた時から知っているからこそ『坊ちゃんはいつまで経っても子供だ』と認識されていることもあるし、それ以上にこれまで散々姉と共に軽率な行動をしてきた（殆どの場合、ラインハルトは姉に巻き込まれただけの被害者だが）結果なのだから、ラインハルトとしても強くは言えないところである。

日頃の行いは大事。結局はそういうことだ。

◆◇◆◇◆

「……それで、ご落胤に関することでないと言うなら一体どのようなお話なのでしょうか？もちろん新たに妾や愛人を取りたいと言うのであってもお二方様に報告はさせていただきますよ？（いずれ話せることであっても、今は話せないこと？　軍務に関しては私に言ってもしょうがないし、ご落胤以外に考えられるとすれば、ご子息の婚姻に関すること？　それともご令息の婚約関係で何事か問題が発生したとかかしらねぇ？）」

「だから、そうではない！」

「え？　これも違うのですか？」

「断じて違う！」

「……ではご子息やご令息に関することでしょうか？」

「それも違う」

「それでは一体なんのお話でしょう？」

声を荒げるラインハルトを醒めた目で見やるルイーザだが、別に彼女はラインハルトをからかっているわけではない。本気で、男女関係以外の話でラインハルトが自身の母や妻に内密にして自分に相談することに丸っきり見当がつかなかったから、思い当たる質問をしていただけである。

そもそも「今はまだ話せない」ということは、言い換えれば「いずれ話せること」と同義だ。そのうえでルイーザが関わることと言えば、軍務に関すること以外となる。

であれば、一番可能性が高いのは愛人やご落胤であろう。

次いで今年19歳になるラインハルトの息子であるルードルフのことか、今年15となる娘のアデリナに関する件しかない。

そう考えたルイーザはそちらの方向に思考をシフトさせたのだが、この彼女の考えはあっさりと裏切られることとなった。

「……実は、な」

「はい」

「お主にとある準男爵の下に出向してもらいたいのだ」

「は？」

「……すまんな」

主君の言葉を受けて疑問符を返すなど使用人を束ねる立場にあるルイーザにしては、非常に珍しいことだ。そんな非常に珍しく、そして非常に無礼な態度を取ったルイーザに対して、彼女が混乱する気持ちを理解できたラインハルトは咎めようとはしなかった。

（出向？　私が？　準男爵家に？　聞き間違いでは、ないみたい。それなら解雇ということ？）

なんとも申しわけなさそうな顔をするラインハルトを見て、ルイーザは己の耳がおかしくなったのではないことを確信する。

「あぁ、勘違いしないでほしいが、別にお主を解雇するというわけではないぞ。むしろお主を信頼しているからこそ、この話を持ち込んだのだ」

「……そうですか。いえ、それはそうでしょうね。では詳細を伺わせていただく前に、一つ確認なのですが」

「確認？」

「これから坊ちゃんがお話になる内容は、従者の者も聞いても大丈夫なお話なのですか？」

ルイーザが一瞬（口煩すぎるから解雇する気かしら？）とラインハルトを疑ったことなど露とも見せずに「当然坊ちゃんの気持ちは分かっていましたよ」と言わんばかりに平静な態度で確認を取れば、

「あぁ。それもあったな。すまんが席を外してくれ。それと他の者たちにも呼ばれるまでは入出禁止と言い含めるように。母上やヒルダにも『国家の機密に関することなので今は内容を語ることができない』と伝えてくれ」

やんわりと己の失念を指摘されたラインハルトは、従者にちらりと目を向けてから退出を促す。

その際、他の者たちが己の母や妻の命令で盗み聞きをすることがないよう釘を刺すことも忘れないのは、ルイーザとしても及第点を与えたいところであった。

「はっ！」

大貴族の当主と、長年それに仕えてきた侍女長の間で交わされる話。それも大奥様や奥方にも内密の話となれば自分は聞かない方がいい。

己の分というものを十分以上に弁えている従者は、己がいなくなればルイーザとラインハルトが密室で2人になると知りながらも、今更両者の間に何があるわけでもないと判断し、ラインハルトから退出を促す言葉をもらうとほぼ同時に退出する。

……己の分を弁え、当主からの命令に反目することなく、即座に動く。彼の行動は従者としては正しい行動だろう。しかし、そんな彼の行動もルイーザには満足のいくものではなかった。

「はぁ。……これでここにいる私が、私に化けた暗殺者なら大問題なのですけど。どうやら彼には教育が足りていないようですね」

素早く、だが音もなく閉じられた扉を凝視しながら、ルイーザは一つ溜息をついて従者の未熟さに言及する。

「それは、確かにそうするのが正しいのだろう。だが今更この家に仕える従者に『ルイーザを疑え』とは教育係とて言えんよ」

辛口の評価をするルイーザに対し、ラインハルトは従者に同情的な意見を述べる。

そもそも侍女長であるルイーザはこの家の従者の中で最上位の従者だ。そんな人間に対し疑いを抱く部下がいたら、そちらの方が問題だろう。この時のラインハルトの気持ちとしてはこんなところだろうか。

それに、ラインハルトとしては、（ここまで暗殺者に忍び込まれたならその時点で負けだと思っているし、そもそもそう簡単に暗殺者に遅れを取るほどやわな鍛え方はしていないという自負もあるので、立ち去っていった従者を責める気はない。

しかしそれはラインハルトの立場だからこそ言えることでもある。

「それが油断だと言うのです。確かに坊ちゃんは暗殺者ごときに遅れは取らないでしょう。しかし奥様や奥方様、そして坊ちゃんのご子息やご令息はそうではありませんよ？」

「……それもそうだな」

従者の側からすれば、従者は命を賭して当主を守る義務がある。にもかかわらず退出を促された際に主人と2人っきりになる相手が武器などを持っていないかどうかの確認もしなかった従者の彼は、ルイーザにとってありえない怠慢を働いたように見えたのだろう。

それにルイーザが言うように「ラインハルトは単独でも暗殺者と戦える強さがあるが、他の者たちはそうではない」と言われればラインハルトも「その通り」としか言えない。

さらに最優先して守るべき当主の安全を軽んずる者が、当主の家族を守れるのか？　と問われてしまえば、ラインハルトとしても従者を庇うことはできなかった。いや、そもそも庇うような間柄ではないのだが。

「まぁ、従者の教育に関しては今後の課題にするとして、だ。そろそろ本題に入ってもよいか？」

「……そうですね。失礼いたしました」

内密の話をするから従者を遠ざけたというのに、本題をそっちのけで従者の態度に目くじらを立てて話を遮っては意味がない。

ルイーザが素直に己の非を認め謝罪すれば、ラインハルトも鷹揚に頷き謝罪を受け入れる。そうしてできた流れを利用して、本題を切り出すことにした。

「それで、だ。今回お主を準男爵の家に出向させるというのは、当然公にできぬわけがある」

「はい（それはそうでしょうね）」

特別な理由もないのに見ず知らずの準男爵の家に行けと言われても、ルイーザとしても困る。彼女が知りたいのは『そのわけとは何か？』という一点だ。

「そもそもだな。その準男爵という人物がわけありでな」

「……問題のある人物なのですか？」

普通の準男爵であるなら、監視が必要なら堂々と監視を付ければいいし反抗的ならば闇に葬ればいいだけの話である。

それをせずに、わざわざ侯爵家の侍女長に面倒を見させるというのだから、何かしらの問題があるのは確定だ。

（考えれば考えるほど、これまで坊ちゃんが周囲に内密にしてきたご落胤がらみの案件にしか思えないのですけど）

ルイーザの内心に浮かぶ懐疑の気持ちを知ってか知らずか、ラインハルトは言葉を続ける。

「うむ。問題と言えば問題だ。……これから話すことは他言無用だ。今は母上にも話してはならぬぞ」

「畏まりました（ますます怪しい）」

散々、他言無用を念押ししてくるラインハルトに（言葉では違うと言いながらも、自分のご落胤の面倒を見させる気ではないのか？）と疑うルイーザであったが、彼女の抱いていた疑いは衝撃の事実の前にあっさりと裏切られることになる。

「実はその準男爵というのが、異世界から召喚された勇者の一人でな。それだけでなく、向こうの世界の貴族なのだ。それで、とある縁から私が保護することになったというわけだ。そういったわけありの相手を任せることができるのが、私の周りにお主しか見当たらなかったのだ」

「は？」

一気に言い切ったラインハルトに対し、使用人を束ねる立場であるルイーザは、非常に無礼かつ非常に珍しい、しかし本日2度目となる「は？」を披露していた。

「……お主の気持ちは分かる」

「あ。……失礼いたしました。えぇと、それで、勇者、ですか。確かに異世界から彼らを召喚するというお話は私の耳にも入っておりましたけど……それで、異世界から向こうの貴族を召喚してしまった、のですか？」

自分が取った無礼な態度を叱るでもなく、頷いて理解を示すラインハルトを見たルイーザは、己の行いを省みて謝罪しつつ状況の確認のための質問をする。

「そうだ。これから言うことは紛れもなく事実だし、陛下や宰相も関わっている機密事項となる。よって再度申し伝えるが、この話は相手が誰であっても口外することは禁じる。いいな？」

「……はい（思った以上に大事か。まぁこれが『ご落胤』を誤魔化すための嘘である可能性もあるけれど。……取りあえず坊ちゃんの話を聞いてみましょう）」

どこまでも不貞を疑われるラインハルトだがこれは彼の人間性がどうこうの問題ではなく、一般常識として「異世界から召喚された勇者の話」だの「その中に貴族がいたから保護しなくてはいけない！」などと言われるよりも、「ご落胤だから内密に育てたい」と言われた方が分かりやすいのだから、これも仕方のないことだろう。

なんだかんだ言っても、きちんとした理由があってのことならルイーザに否はないのだ。

（たとえ相手が異世界の貴族であろうと坊ちゃんのご落胤であろうと、私のやるべきことは変わらないのだから）

そんな職人気質を持つ侯爵家の侍女長ルイーザは、ラインハルトから諸般の事情を聞かされたあと、神城準男爵家への出向を承諾したのであった。


——数日後、神城の下に出向したルイーザからもたらされた、異世界の発想が盛り込まれたとある産物によって、ローレン侯爵家の内部に激震が走ると同時に、同時にラインハルトの胃に極大のダメージを与えることとなるのだが、今の時点でそのことを察することができる者は、神城を含めて誰一人としていなかった。

外伝1　不遇職は伊達じゃない！

クレーン（英：crane）あるいは起重機《きじゅうき》とは、巨大なものや重いものをつり上げて運ぶ機械である。日本では、クレーンなど安全規則により「クレーンとは、次の2つの条件を満たす機械装置のうち、移動式クレーンおよびデリック以外のもの」と定められている。

荷を動力を用いてつり上げ（人力によるものは含まない）、これを水平に運搬することを目的とする機械装置（人力によるものも含む）。

したがって、荷のつり上げのみを行う機械装置はクレーンではない。

荷のつり上げを人力で行う機械装置は、荷の水平移動が動力であってもクレーンではない。

荷のつり上げを動力で行う機械装置は、荷の水平移動が人力であってもクレーンである。

広義には移動式やデリックを含むものをクレーンと呼び、狭義には固定式のみのものをクレーンと呼ぶ。

以上、wikipediaより抜粋。

ちなみにウインチでつり上げるものの、水平移動をさせないエレベータはデリックに分類されるので、狭義の意味ではクレーンには分類されないが、広義の意味ではクレーンとも言える。

つまり広義の意味でのクレーンとは、ＵＦＯキャッチャーのアームから超大型のタワークレーンまで。重機だけでなく、全てのアームを持つ機械に対して適用される言葉なのである。

◆◇◆◇◆

「どうしたらいいんだ……」

異世界召喚の衝撃から一夜明けた日。クレーン技師というレアなんだか不遇なんだか分からない職業を得た少年である濱田仁志は、表面上は朗らかに勝ち誇っていたものの、その実、一人で思い悩んでいた。

それと言うのも、彼にはクレーンについての知識がまるでなかったからだ。

いや、正確には、一般的なクレーン車くらいは知っているが、それ以上の細かいことを知らないのだ。

実際、彼の年齢でクレーンについての専門知識があるような人間はほとんどいない。たとえ実家の家業が大工だろうがクレーンなど使わないし、父親が現場監督でも家にクレーンを持ち帰ることなどないのだから当然と言えば当然である。

それでも知識を持っているとすれば、それは度を越した重機好きか、ロボ系に憧れたか何かで妙に重機に詳しくなった小学生くらいではないだろうか？

残念ながら濱田少年はそのどちらでもない。これまでごくごく普通に過ごしてきたのに、なぜかクラス転移に巻き込まれてしまい、なぜか鑑定でクレーン技師というレアな職業が出ただけの、どこにでもいる少年であった。

それがちょっと調子に乗ったら勇者になったクラスメイトを含め、ほとんどの男子生徒から羨望の目を向けてしまい、それを見た国王までもが自分を勇者と同列に扱うようになってしまったのだから、彼にかかるプレッシャーはいかほどのものか、他人には想像することもできないだろう。

もともと彼のいたクラスは、ごくごく普通の、どこにでもある学校の、どこにでもある一クラスであった。

もちろんスクールカースト的なものはあったが、それとて特定の誰かが虐められていたりしたわけでもなければ、ラノベなどでよくいるような勝手な正義感をひけらかし、他人に何かを押し付けるようなテンプレを踏襲するような正義感溢れる少年や、ヒロイン的な少女に特別扱いをされている陰キャもいない、本当にごくごく普通のクラスだった。

それがある意味で悪い方向に作用してしまった。

もしも昨日の時点で周囲の連中がクレーン技師である濱田少年のことを不遇職であることを

理由に足手まとい扱いしてくれていたら、国王だって彼をただの現場作業員として見てくれたのかもしれない。

だが、もう駄目だ。

昨日の晩餐会で友人から「クレーン技師って何ができるんだ？」と聞かれた際、濱田少年は「よく分からないけど〝クレーン召喚〟ってのがあるな」と言ってしまったのだ。

当然その言葉を聞いた男子生徒は大盛り上がりとなり、その騒ぎに国王を含めた周囲の貴族も「何事だ？」と思いながらも、話題の中心にいた濱田少年を確実にロックオンしたことは、そのあとの特別待遇から分かっている。

「なんであんなこと言っちまったんだよぉ……」

一夜明けた今では、濱田少年は昨日の自分のバカさ加減に腹が立ってしょうがなかった。それは別に年頃の男子生徒がよくやるように、無駄に背伸びしてできないことを言ってしまい、結果として引っ込みがつかなくなってしまったからではない。

「俺のバカ！　『自分のスキルを周囲に話さない』なんて、異世界転移の基本じゃねぇか！」

そう、別に濱田少年は嘘をついてはいない。実際彼には〝クレーン召喚（小）〟というスキルがある。では少年が現在何に絶望しているかと言えば……。

「なんだよ、クレーン召喚って。なんだよ（小）って」

これであった。

神城が考えたように、職業スキルというのは適性や才能と非常に近いものがある。

例えば火魔法師なら最初から〝火魔法（初級）〟というスキルを得ることになるのだが、これは極めて小規模な火を産み出すスキルであって、全ての火の属性魔法を使いこなせるというスキルではない。

この場合、火魔法師は火に関する属性魔法についての適性を得るので、火魔法に類する技術の習得や魔法効果にも補正がかかるという利点があるものの、使いこなすには相応の知識と技術が必要なのだ。

ちなみに、初級の火魔法はファイアーボールと言って小さな火の玉を生み出す魔法であるが、これを強化しようとして延々と空気を送り続けてファイアーボールを高温にしようとすると……術者が酸欠になるか、火が生み出す高熱による火傷で術者の集中力が乱れ、魔法が暴発して大惨事となる。

これは物理的に考えても当たり前の話なのだが、なぜか召喚されたばかりの人間はその失敗を繰り返すので、異世界から魔法使いを召喚した国は、きちんと常識を教育するようにというガイドラインまで存在するのだが、それに関しては今はいい。

何が言いたいのかと言うと、スキルも魔法も必要な知識を身に付けなければその効果を十全に発揮することはできないということである。

　だからこそ、しばらくは濱田少年を含めた聖女も賢者も基本的な常識を知るための授業に専念し、そこで先達からさまざまな知識を得るという段取りが組まれている。勇者に関してはできることが多すぎるので、まずは騎士による戦闘教育。それが一段落したら魔法の教育を行い、それぞれが一定のラインに到達したと判断されたら実戦訓練に赴く予定だ。

　……これにより、少なくともフェイル＝アスト王国の上層部は、自分で呼び出した勇者に対し『現金50ゴールド、こんぼう×2、ひのきのぼう、たびびとのふく』を与えて魔王退治に旅立たせるという、王を名乗るのもおこがましいようなケチな外道ではなかったということが証明されたのだが、今の問題は王家の勇者への待遇ではなく濱田少年の職業であるクレーン技師に関してだ。

　現時点でクレーン技師という職業に付随しているスキルは、〝クレーン召喚（小）〟〝クレーン解体〟〝クレーン修理〟〝クレーン組立〟〝クレーン操作〟〝玉掛け〟の6種である。

　この時点で日本の、否、世界中のあらゆる建設作業現場で引っ張りだことなるスキルであるのは間違いないのだが、問題はここは異世界であり、クレーンの知識を与えてくれる存在などいないということだった。

　それに知識としても「知っているか？　エレベータも広義の意味ではクレーンなんだぜ！」

と言われても、「へぇ」としか返せないし「クレーンで何ができるのか？」と聞かれても「あれだよあれ、工事現場のやつだよ」といった程度で、具体例を出せる高校生はかなり稀なのは間違いない。

さらに判断に困るのが、〝クレーン召喚（小）〟である。

「小ってなんだよ！」

もともとクレーンの歴史は古く、古代メソポタミアやローマでも使われていたということはクレーン好きの人間でなくとも知っている常識でもあるので、クレーンの名前や外見に関しての認知度は世界的にも非常に高いといっても過言ではない。

しかし、「じゃあその当時のクレーンの大きさはどれくらいなんだ？」と聞かれたらどうだろう？　これに関しては、実際に現場でクレーンを使っているガテン系の兄さんや現場監督に聞いても、正確な答えが返ってくる可能性は極めて低いと言わざるを得ない。

それが、クレーンビギナーでしかない学生たちなら尚更であろう。

……つまるところ、現在濱田少年が気にしているのは『小』ってどれくらい小さいのか？ということであった。

先述したように、なにせクレーンの種類は用途や地方・時代によって千差万別。小さいので言えばＵＦＯキャッチャーのアームに始まり、大きいのは最大で数百ｍに届くものもあるのだ。

そんな本当に大きなものから見たら、一般の高校生がクレーンで想像するような、トラックに積まれている4mのユニッククレーンや、消防の工作車に付いている4mから10m程度のクレーンだって『小』にカテゴライズされるだろう。

しかし、あれはあれで数百kg～数tの重量がある重機である。

もしも軽々しく召喚した結果、誰かがあれに押し潰されてしまっては濱田少年には責任を取ることができないし、そうでなくとも王城の一室でクレーンを召喚し、家具を破壊したり、床が抜けてしまったらどうなるだろうか？

駆けつけてきた騎士たちにドヤ顔を晒して、「……攻撃魔法としては間違いなく優秀だ」とでも言えばいいのだろうか？

確かにクレーン自体がある意味鈍器のようなものだし、重量というのはそれだけで攻撃方法としては凶悪な威力を発揮するのも事実ではある。だがクレーンをそのように使おうものなら、普通に業界の人に叱られてしまうし、なによりクレーンの重量で敵を倒すクレーン技師ってどうなんだ？　という話になってしまう。

いや、元の世界のクレーン業界関係者の怒りはともかくとして、召喚されたクレーンの種類によってはさまざまな危険が予想されるので、下手にスキルを試せないというのが問題なのだ。

ならば大々的にやればいいじゃないか？　と思うかもしれないが、もし外で実験をするとなった場合、絶対に勇者や国王たちが見学しようとするだろう。

そこでもし召喚できたのが、UFOキャッチャーのアームだけだったら……その時は間違いなく不遇職のテンプレが濱田少年を襲うことになる。

それはそれで、ある意味異世界召喚の醍醐味ではある。

しかし濱田少年はわざわざ苦労してまでテンプレを踏襲したいと思うマゾではないし、そもそも追放ではなく暗殺される可能性の方が高い。

そうなった場合、「あとでざまぁしてやる！」どころの話ではないので、濱田少年はなんとかして召喚できるクレーンの大きさを調べる必要があるのだ。

さらに言えば、濱田少年には他に気になるスキルがある。

それは〝玉掛け〟だ。

〝玉掛け〟という思わず股間がヒュンとなるような、男性の根源的な恐怖を煽るこのフレーズを一体どう判断すればいいのか、濱田少年には皆目見当がつかなかった。

もしかしたら社会人である神城に聞けば何かしらの意見をもらえたかもしれないが、王家としては特殊技能を持った濱田たちには他の召喚者と接触してほしくないらしく、特に神城とは接触をしないようにやんわりと釘を刺されている（実際は侯爵と会食をしたあとで、自分付きのメイドさんと王城の寝具の使い心地を試していたからだが、濱田にはそこまで説明はされていない）。

「くそっ。一体どうしたらいいいんだっ！」

――この日、王城の一室には、突如として異世界に転移させられた挙句、周囲に己のスキルについての意見を聞くこともできず、軽々と実験もできないスキルを得てしまったことに頭を抱える少年がいた。

これはのちに初代マ・クレーン伯爵としてフェイル＝アスト王国だけでなく、大陸中に名を轟《とどろ》かせることになる漢、濱田ヒトシ少年の若かりし頃のお話である。

外伝2　勇者一行の大問題

神城が王城を出た数日後のこと。

異世界に召喚されたことから始まるさまざまな環境の変化に、いろんな意味で浮かれていた少年少女たちがようやく現実を受け入れ、一同がこの世界の常識や戦闘技術を学ぶ段になった頃、とある男子生徒がこんなことを言い出した。

「勇者。わたし達日本人はこの言葉に飽くなき憧憬《どうけい》を禁じ得ませんッ」

「シ、シュウヘイ？」

クラスメイトからいきなり自分の職業を名指しされて『飽くなき憧憬』を告白されたセイヤ少年は「いきなり何を？」という表情をする。それは彼だけでなく、周囲の女生徒たちも同様であった。

しかし、そんなシュウヘイ少年のセリフを聞いてピンときた生徒もいた。周囲から怪訝な視線を向けられて「滑ったか？」と内心で焦るシュウヘイ少年を庇うかのように、一人の少年が言葉を続ける。

「そして、わたし達は今日《きょう》、その勇者の力を目にすることができますッ」

「ユウタも？　２人とも急にどうしたんだ？」

ちなみに彼らが使っている元ネタでは今日《きょう》ではなく今日《こんにち》であるが、敢えて今日《きょう》としたところに、ユウタ少年の優しさがにじみ出ているが、それはそれ。

元ネタを知らないセイヤ少年たちや騎士の皆さんが、頭の上に「？」マークを乱立させる中、シュウヘイとユウタはノリノリで続ける。

「しかしッ、しかしですッ」

「その勇者の戦う姿を見たものがいるでしょうか？」

「その枯れた奥義が実戦の場で発揮されるのを見た者がいるでしょうかッ！」

「勇者の勝利はいつも伝説の中ですッ！」

「世間は勇者を気遣うあまり、実戦の場へ立たせようとはしなかったのですッ！」

アイコンタクトをしながら交互に告げてくる２人に、周囲は「お前ら仲良いな」と思いつつ、彼らの言いたいことを理解していく。

「異世界の方々や転生物のファンは、もうそろそろハッキリ言うべきなのです！」

つまり彼らが言いたいのは、

「「勇者は保護されているッッッ！」」

勇者の力が見たい。そういうことだろうと周囲の人間は理解した。

もしもここに神城がいたら、流れてもいない汗を拭いながら「やろう……タブー中のタブーに触れやがった」と言ってシュウヘイ少年とユウタ少年の会話にオチをつけてあげるところなのだろうが、残念ながらこの場に彼らの話のネタを理解して、オチをつけてくれるような年長者はいなかった。それどころか、

「いや、そうか？」

「むしろ最近だと勇者って陰キャにざまぁされたり、不遇職にざまぁされたり、悪役令嬢にざまぁされたりしてるから、結構不遇なんじゃね？」

「そうそう。なぜか優秀な仲間の能力を理解できずにパーティーから追放したりしてな」

「結局一番の被害者にされるよな。まぁ勇者がクズって場合もあるけど、そんなん勇者にすんなし」

「だいたい、勇者パーティーにいるのに自分の力を理解できてない主人公が駄目なだけだろ」

「だよな。それに普通は追放する前にいろいろ検証するはずだから、その検証の時に何かしらの問題があったんだよな」

「そうじゃなきゃ、パーティー全員が追放を認めたりしないって」

「ついでに言えば、やられたらやり返すっていう性根が悪いんじゃない？」

「それもある」

「あー。被害者面して、自分は被害者だから何してもいいって感じの奴いるよね」

「そんな性格だから追放されるんだって話だよな」

「「「だよなー」」」

などと、おのおのがメタメタしい異世界談義に華を咲かせている。

そして、それを聞いた王城の兵士たちも、

「言わんとすることは分からんでもないが」

「まぁ、保護はしてるけどよぉ」

「伝説だからこそってのはあるよな」

「力についてはレベルが上がれば分かる話だし」

「……実戦の場なんてこれからいくらでもあるからな（ぼそっ）」

「「「それな」」」

と、ネタにマジレスしてくる始末。

そんな周囲の反応を見たシュウヘイ少年とユウタ少年が（あれ？　このままだと、ネタじゃなくて勇者に嫉妬したって勘違いされるんじゃね？）と内心で怯えを見せ始めた時、２人にとっての救世主が現れる。

「分かるわ！　２人が言いたいのは『ダイヤモンドは本当に硬いのか？』ってことでしょ！」

「「せ、先生！」」

そう、今まで荒事には無関心と思われていた木之内女史である。

しかも彼女は元ネタの『達人』ではなく、あえて『ダイヤモンド』のネタを引用してくるという心憎い配慮まで見せてきたのだ。この気遣いをしてくれた彼女に対し、シュウヘイとユウタは救世主を見つけたかのような、はたまた同好の士を見つけたかのような視線を向けるも、当然周囲にはなんのことだか分からない。

「あの、先生？」

つまり、どういうことだってばよ？　といまだに頭の中から「？」マークが消えない様子のセイヤ少年が確認を取れば、木之内女史は、

「あぁ、要するに2人は勇者であるあなたに何かしたいわけじゃなくて、単純にネタに走っただけなの。だからあんまり深く考えないであげてね」

と、普通のテンションで普通にネタばらしをする。

「は、はぁ」

ネタにマジレスはいけない。年上の彼女に普通にそう言われてしまえば、現代っ子のセイヤとしてもこれ以上の追及は無粋と判断せざるを得ない。

結局セイヤはなんとも消化不良な思いを残しつつ、これ以上この話題について考えることを

やめた。

そんなセイヤの気持ちを理解したのだろう。木之内女史は「男の子は仲良くしなくっちゃね」と言いながら、「助かったー」と抱き合うシュウヘイとユウタを見て目を細めていた。

……ここで終われば「いい話だなー」で済む話だったのだが、どこにでも空気を読めない人間はいるわけで。

「それでセイヤ。結局のところ勇者ってなんなの？　戦争に勝てるくらい凄いの？」

「キョウコ？」

この世界に召喚された時に騒ぎを起こしかけた少女であるキョウコが、どこか探るような目をしながらセイヤにそう問いかける。

もともとラノベを読まないキョウコからすれば、異世界がどうこうとか勇者がどうこう言われてもさっぱり分からないし、周囲にいる同級生の大半が現状に馴染んでいることが信じられない思いでいっぱいであった。そのため、心の中では（同級生たちがこの世界の人間に洗脳されているのではないか？）とまで思っていたのだ。

考えすぎ？　否。普通に考えればそれも当然の考えであると言えよう。

なぜなら彼女の価値観からすれば、自分たちは異世界の国家というよく分からない国に誘拐された被害者である。

それを踏まえて現状を例えるなら、自分たちはどこぞの宗教国家に誘拐され、その自分たちを誘拐した宗教家の連中から「自分たちを不当に貶《おとし》め、戦争を仕掛けてくる連中との聖戦に参加しろ」と銃を突きつけられながら言われているようなもの。

こういった観点から見れば『聖戦』の相手が異教徒だろうが魔族（？）だろうが、それはこの国の人間の問題であり、自分たちには関係ないはず。それなのに、なんで同級生たちが積極的に彼らに協力するような姿勢を見せるのかキョウコには、さっぱり分からないのだ。

それでもまぁ、セイヤに何か企みがあるならいい。先ほどの例で言えば、自分たちは銃を突きつけられている状況なのだ。そんな状況で相手の要求を断ったらどうなるだろう？

考えるまでもなく、突きつけられた銃で撃たれて殺されるか、無一文で放り出されてしまう。相手の恩情？　誘拐犯にそんなのを求めるほど、キョウコも愚かではない。

そして、もしも無一文で放り出されてしまった場合はどうなるだろうか？　お金もなければ戸籍も健康保険なんかもなく、それ以前に言葉や文字だって分からない。そもそもこの世界の基本的な常識がない人間が生きていけるだろうか？

答えは否。どう考えてもそのまま野垂れ死にするか、騙されて娼婦などにされてしまう可能性が高い。その程度のことは彼女も（友達に教えてもらって）理解はしているのだ。

だからこそ、キョウコはセイヤが何を考えているのかが知りたかった。セイヤが状況を打開するための時間を稼ぐために向こうに協力をすることを表明したと言うなら、それでいい。

また、もしも勇者というのが「片手間で戦争相手を殲滅できるくらいに強い」と言うのなら、それはそれで話は終わりだ。この場合、「セイヤは簡単に勝てるからこそ協力する素振りをしているだけ」とみなし、キョウコも彼と共に歩むだけでいいからだ。

しかし、もしもここで「勝てるかどうか分からない程度の強さしかない」と言うなら、セイヤが洗脳などをされている可能性を考えて、彼らとは一定の距離を置かなければならないだろう。

そんな想いをひた隠しながら、ただ単純に興味があるように問いかけたキョウコの質問に対し、周囲の同級生も興味を引かれたようで、セイヤの答えを待っている。

彼らはキョウコほど切羽詰まった思いはない。しかし今、自分たちの目の前にいるのは、あのゲームの主人公であり、剣と魔法の世界における最強職と名高い勇者なのだ。嫉妬やなにやらではあったにしろ、実際に勇者という職業に興味があるのはこの場にいる全員が同じである。

……まぁ昨今では勇者という職業は『どっちつかず』だの『器用貧乏』だの『勇者の父の魔物使いが主人公』だの『目がスライム』だの『所詮日雇い労働者』だの『CV檜山さんなら最強』だの『勇者（笑）』だのといろいろと言われてネタ職扱いされつつある職業ではあるが、同時にそれだけの知名度があると思えば、興味を持つなという方が難しいだろう。

実際に特殊五次職である勇者の基礎ステータスは極めて高く、過去に存在した統計厨の判別によると、そのステータスは以下の通り。

体力：A　魔力：A　力：A　頑強：A　俊敏：A　知力：A　精神：A　器用：A

とまぁ、オールAである。つまりステータス上、勇者という職は、鍛えようによっては剣も魔法も弓も罠の解除も極めて高い精度で習得できる万能職であり、素の状態で女神からチートを授かった神城をも圧倒するステータスを保持しているという、ぶっ壊れ性能を宿した職業なのだ。

さらに言えば、天職に勇者を持つ者だけがなれる勇者の上位職も存在するらしく、そのステータスはオールSと言われているのだから、この勇者という職業がどれだけぶっ壊れた性能を有しているかということは今さら語るまでもないだろう。

故に、今回彼らを召喚したフェイル＝アスト王国が、順調に鍛えれば決戦兵力になるであろう才能を潰さぬよう勇者を保護し、無駄のないように導こうとするのは何も間違ってはいないということでもある。

しかし、そんな知識は召喚されたばかりの彼らにはない。故にキョウコの問いに対するセイ

ヤの答えは、

「……実際のところ、まだ勇者というのがなんなのか、そしてどれだけ凄いのかは僕にも分かってない。だからこそ、これからの戦いで生き残るためにもキチンと学ぶ必要があると思ってるよ」

というものであった。

そんなセイヤの言葉を聞いた周囲の人間は「そうだね！」だとか「頑張ろうぜ！」と言いながら、これからの授業や訓練に前向きな姿勢を見せて盛り上がる。

だが、質問をしたキョウコはその高揚する同級生たちとは違い、俯《うつむ》きながら「……そうなんだ」と呟くだけに留まっていた。

（あぁ。セイヤまで。そうか。もうまともなのは私しかいないんだ）

……異世界で孤立した自分に助けは来るのか。

来るとしたら、それはいつになるのだろうか。

それまで自分は洗脳されずに済むのだろうか。

次から次へと襲ってくるネガティブな考えに叫び出しそうになるのをなんとかこらえながら、彼女はセイヤたち勇者一行と呼ばれる集団から少しずつ距離を取ることになるのであった。

あとがき

読者諸兄がこのあとがきを目にしているということは、この作品が無事書籍化されたということなのだろう。……めでたいことだ（小並感）。

はい。オチもなにもない冒頭で失礼いたします。

この度ツギクル様にて拙作『普通職の異世界スローライフ　～チート（があるくせに小者）な薬剤師の無双（しない）物語～』の書籍化をさせていただきました、仏ょもと申します。

読者の皆様におかれましては、拙作を手に取っていただき、誠にありがとうございます。

内容に関してはネタバレになるのでこの場で細かく触れはしませんが、WEBに掲載している分に大体25000文字くらいの加筆やら修正やらを行っておりますので、WEBで見てくださっている方にもきっとご満足いただける内容になっていると思います。

なっていますよね？　なっているかな？　なっているといいなぁ……。

まぁ、なにはともあれ何事もなく無事に出版できて本当に良かったです。

思えば、この作品のWEB投稿を始めたのが2020年1月27日。そしてツギクル様から連絡がきたのが2月6日のことでした。

作者的には思いもしなかったタイミングでの連絡に、思わず「早えぇよ！　まだ10万字にもなってねぇよ！　ネット小説大賞の選考で忙しいんじゃねぇのかよ！（この時、ネット小説大賞の作品を選考している時期のはずでした）」などと心の中でツッコミを入れておりましたが、それでもこうして実際に本にしてくださったのですから、ツギクル様には感謝しかございません。そして忘れてはならないのが、拙作に魂を注ぎ込んでくれた、イラストレーターのやまかわ様の存在です。

拙作の神城君のように、なんとも影の薄い微妙な主人公のキャラをしっかりと描写していただいたうえ、エレンやヘレナといった女性陣や、影の主役ともいえる（え？）ラインハルトの絵を描ききってくださったことには感謝の気持ちしかございません。

もしも2巻が刊行されることになった場合には、例の彼が出てきますので、その辺がどうなるかは作者としても悩みどころなのですが……。

とにもかくにも作者といたしましては、やまかわ様が描くイラストのおかげで作中のキャラに対する愛着が日に日に増しております次第でございます。

最後になりますが、拙作の書籍化を決意してくださったツギクル様、素晴らしいイラストを描いてくださったやまかわ様、拙作を手に取ってくださった読者様、そしてＷＥＢで応援してくださった読者様。関係各位の皆様方に心より感謝申し上げ、作者からのご挨拶とさせていただきます。

SPECIAL THANKS

「普通職の異世界スローライフ　～チート（があるくせに小者）な薬剤師の無双（しない）物語～」は、コンテンツポータルサイト「ツギクル」などで多くの方に応援いただいております。感謝の意を込めて、一部の方のユーザー名をご紹介いたします。

ぴね

タモリ

ラノベの王女様

電柱

ツギクルAI分析結果

「普通職の異世界スローライフ　～チート（があるくせに小者）な薬剤師の無双（しない）物語～」のジャンル構成は、SFに続いて、ファンタジー、歴史・時代、ミステリー、恋愛、ホラー、青春、現代文学の順番に要素が多い結果となりました。

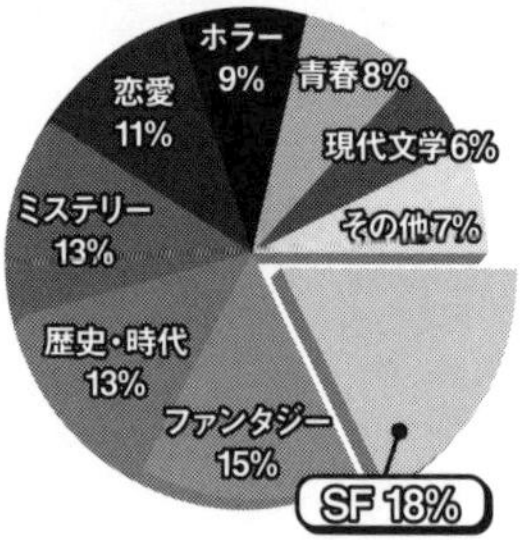

期間限定SS配信

「普通職の異世界スローライフ　～チート（があるくせに小者）な薬剤師の無双（しない）物語～」

右記のQRコードを読み込むと、「普通職の異世界スローライフ　～チート（があるくせに小者）な薬剤師の無双（しない）物語～」のスペシャルストーリーを楽しむことができます。ぜひアクセスしてください。

キャンペーン期間は2021年2月10日までとなっております。

悪夢から目覚めた
傲慢令嬢はやり直しを模索中
著 もり
イラスト 六原ミツヂ
異世界の振り見て我が振り直します!
公爵令嬢ファラーラは王太子殿下に婚約を破棄され、心を病んで幽閉されてしまった。
そのとき見た夢は、社長令嬢の蝶子として元友人に婚約者を奪われてしまうというもの。
「蝶子って誰?」「私は婚約破棄されたの?」
悪夢から目覚めたファラーラは、自分が王太子殿下と婚約した翌日
――12歳に戻っていることに驚いた!
よく分からないけれど、夢と同じ人生は歩みたくない。
それにどうせならもっと魔法を活用して、新しいことをやってみたい!
そのためにも、今までの傲慢だった自分を反省し、
明るく楽しい未来を目指してやり直すことを決意する。
ファラーラ(異世界)と蝶子(現代)が奮闘する、
やり直しハッピーファンタジー。
「モンスターコミックスf」でコミカライズ決定!
本体価格1,200円+税　ISBN978-4-8156-0590-2
ツギクルブックス
https://books.tugikuru.jp/

異世界召喚されてきた聖女様が「彼氏が死んだ」と泣くばかりで働いてくれません。
ところでその死んだ彼氏、前世の俺ですね。
カクヨム
書籍化作品
著◆花果 唯
イラスト◆たらんぼマン
そのすれ違い
雨のち晴れ模様!?
転生して平和な島国アストレアの第三王子として、自由気ままに生きてきたエドワード。
だが、女神によって召喚された聖女様の出現で、その生活は一変する。
精神状態が天候に現れるという厄介な聖女様の世話役に選ばれたのは、
見目麗しい兄たちではなく、地味なエドワードだった。
女神から与えられた使命を放棄して泣き続け、雨ばかり降らせる聖女様の世話なんて面倒なうえ、責任重大。
どうして泣くのかと理由を聞けば「彼氏が死んだ」と答える。
——そんな理由でお前は泣かないだろう。
分かっているんだからな。
その死んだ彼氏、前世の俺だから!
転生王子と聖女が二度目の人生をやり直す、異世界転生ラブコメ、開幕!
本体価格1,200円＋税
ISBN978-4-8156-0581-0
「カクヨム」は株式会社KADOKAWAの登録商標です。
ツギクルブックス
https://books.tugikuru.jp/

ツギクルブックス https://books.tugikuru.jp/

ツギクルブックス

愛読者アンケートに回答してカバーイラストをダウンロード！


愛読者アンケートや本書に関するご意見、仏ょも先生、やまかわ先生へのファンレターは、下記のURLまたは右のQRコードよりアクセスしてください。

アンケートにご回答いただくとカバーイラストの画像データがダウンロードできますので、壁紙などでご使用ください。

https://books.tugikuru.jp/q/202008/futsuushoku.html

本書は、「小説家になろう」（https://syosetu.com/）に掲載された作品を加筆・改稿のうえ書籍化したものです。

普通職《ふつうしょく》の異世界《いせかい》スローライフ
～チート（があるくせに小者《こもの》）な薬剤師《やくざいし》の無双《むそう》（しない）物語《ものがたり》～

2020年8月25日　初版第1刷発行

著者　仏《ほとけ》ょも

発行人　宇草 亮
発行所　ツギクル株式会社
〒106-0032　東京都港区六本木2-4-5
TEL 03-5549-1184
発売元　SBクリエイティブ株式会社
〒106-0032　東京都港区六本木2-4-5
TEL 03-5549-1201

イラスト　やまかわ
装丁　株式会社エストール

印刷・製本　中央精版印刷株式会社

ISBN978-4-8156-0589-6
Printed in Japan